ラストファンタジー

鈴井貴之

幻冬舎文庫

ラストファンタジー

L A S T F a n t a s y

Takayuki Suzui

鈴井貴之

前口上

二〇〇九年から一〇年にかけて、幻冬舎の「papyrus」に「LAST Fantasy」という小説を連載させてもらった。僕にとっては『銀のエンゼル』『雅楽戦隊ホワイトストーンズ』に続く三作目の小説だ。これを書籍化するにあたり、もう一編、新作を書き下ろそうかと考えていた。が、小説然としたものを出すのに、ちょっと気恥ずかしさを感じ、そうそうたる作家陣の横に並べられるのも、どうかと思う。

ならば、ちょっと変な本にしてしまえばいい。小説「LAST Fantasy」をあくまでも基軸に、その物語に至るまでの背景をエッセイで語ってみようかと思った。この小説には、僕自身の多くが投影されている。それは僕が生まれ育った北海道とも大きく係《かか》わっている。

果たしてこの本は書店のどこに並べられるのか？　文芸コーナーではないだろう。タレント本かサブカルチャー本コーナーに並べられるはずだ。でも、そこが案外、居心地が良かったりする。

遊園地という響きに郷愁を感じる。それはサーカスという響きに感じるものと同類であると思う。かつて、遊園地に行くことは行楽の中心にあった。だが、人々の興味が多岐《たき》にわたり選択肢も増えるにつれ、遊園地の座は中心点からずれていったように思う。それは自分が遊園地に興味をそそられる年齢から離れていったという理由だけではないだろう。

個人的には遊園地に思い出はない。僕自身、絶叫マシンに興味はないし、面白みが分からない。ただただ緊張感と恐怖心が宿るだけで、何も楽しめない。幸運なことに交際して来た女性もみな、それらの嗜好はなかった。だからデートで遊園地に行った覚えは片手に収まる。

ただ縁がある。インディペンデントではあるが、初めて出演した映画での役どころは遊園地の遊具をメンテナンスする作業員の役であり、僕の監督した映画の処女作である「man-hole」や二作目「river」でも遊園地が登場した。なにかにつけて遊園地は僕の作品の舞台になる。後で読んでいただきたい小説「LAST Fantasy」でもそうだ。それは、郷愁というキーワードにすべてが集約される。意気揚々としたものではなく、何か廃《すた》れて行くものの美学。そういうものに僕は心が揺さぶられる。

仕事柄、北海道を車で移動することが多い。高速道路・道央自動車道。札幌から旭川に向かう途中。四〇分ほど過ぎると岩見沢インターチェンジが近づく。緑色の標識とともに右手には七色に塗られた観覧車が現れる。僕の映画の舞台ともなった遊園地でもある。さらには事務所のトークイベントも数々と行った。小さな遊園地に一万人もの観客が押し寄せて、新聞の記事になったほどだった。

遊園地でまず目に入るのは観覧車だ。その大きさからなのだろうが、遊園地の象徴として、大きな輪を広げている。まるで、ヒマワリの花のように。観覧車は他の遊具とは一線を画している。その突出した大きさもそうであるが、他の遊具がハラハラ、ドキドキを演出するのに比べ観覧車だけ、ゆっくりと、いやのったりと動いている。極度の高所恐怖症ではない限りドキドキするものではない。その名の通り、ただただ景色を観覧するしかない。高さは一五階建てのビルぐらいしかないだろう。眺望を求めるのなら、もっと高い建物はゴロゴロと存在している。超高層ビルからの眺めは、日常からはかけ離れた世界がある。見慣れない景色は驚きと感動を覚える。が、今や十数階ぐらいの高さからの眺めは別に珍しくもなく、心は揺さぶられない。それなのにひたすらのったりと回り続ける観覧車は、僕にはどこか間抜けにも見えてしまうのだ。動作の鈍い巨大生物がただただ、その大きさだけを誇っているような。時代錯誤な産物といってしまっては観覧車ファンに怒られてしまうのだろうが、観覧車を地上から眺めていると切ない気持ちになってしまう。

実際に観覧車に乗ってみると、その切なさはなおさら増してくる。揺れるゴンドラに乗るとすぐさま外側から鍵が掛けられる。安全上のことなのは分かるが、何やら牢獄に閉じ込められたような気分になるのは僕だけだろうか。自分からは出られない空間にいるのは居心地が良いものではない。

ゆっくりと弧を描きながらゴンドラは上昇して行く。今まで見えなかった遠くが見えて来る。あくまでものったりと。子供の頃は高い所からの景色に見慣れていなかったからか、それとも底なしの好奇心からなのか、こんな僕でも楽しめたような気がする。しかし、ビルからの景色に慣れ、好奇心も底を突きそうな今となっては、もう観覧車からの眺めに心躍ることもないし、のったりとしたスピードに苛《いら》ついてしまう。

その苛つきは頂点に達した時から加速する。当たり前だが上昇するのと同じだけ下降するのに時間を要する。ただ下りるだけ。なんの盛り上がりもない。ジェットコースターやフリーフォールは遊具を降りてからも心臓の鼓動は高鳴ったままだ。メリーゴーラウンドやコーヒーカップでさえ、遊具を降りても目が回っている。だが、観覧車は違う。遊具の中で平常心に戻ってしまう。のったりとした時間が現実に引き戻してしまうのだ。

下降する時間は一〇分もないのかもしれない。でも、その時間が苦痛でたまらなくなる。のったりと終わりが引き寄せられる。まだ地上に辿《たど》り着いていないのに気持ちは萎《な》える。まるで祭りの後の虚しさのようだ。ただ、祭りはまだ終わっていない。観覧車は動いている。楽しみがその渦中で終わってしまうのは何ともやりきれない。

地上が見えて来る。係員が笑顔で迎えてくれるが、気分は晴れない。

「ガチャン」

ヒンジになった鍵が開けられる。釈放だ。罪を許されたような気分だ。地上に降り立って観覧車を見上げる。真下から見る様子は、それなりにダイナミックさを感じる。でも、鉄の骨格だけで作られた大きな姿は、博物館で見たティラノサウルスやマンモスの骨格標本のように思えた。

いつの頃から観覧車のことを、こんなふうに考えるようになったのだろう。少なくとも子供の頃は違ったはずだ。観覧車から見た景色に心躍らせていたはずだ。記憶にはないが、女の子とデートで乗った時だってワクワクしていたはずだ。いや、それは観覧車ではなく女の子にワクワクしていたのかもしれない。今、観覧車に乗っている喜びよりも、この後どういう展開にしようかという空想にワクワクしていたのかもしれない。雲一つない青空が眩《まぶ》しく思えたはずだ。いや、景色など見ていなかったに違いない。観覧車に悲壮感を覚えることはなかったはずだ。

「そうだ。思いついた」

あの頃は観覧車の中で未来を見ていたのだ。景色はその過程でしかない。その先を見ていたのだ。現実を見てはいなかった。子供はもちろん現実なんて意識しない。女の子とデートしている最中、悲観的になる男がどこにいようか。第一、悲観的なら遊園地などには来ない。あくまでも陽気に楽しむために遊園地を訪れるのだから。

今の僕は、あまりにも直視しなければならない現実が多すぎる。その多くは冷酷で非道なものだ。直視する現実は未来を透かしてはくれない。僕は今、五一歳だ。初めて映画監督としてメガホンを取ったのは三九歳。日本人男性の平均寿命が七九歳であるから、言わば三九歳という年齢は観覧車で考えると丁度、人生の折り返し、てっぺんにいたのだ。そこからはゆっくりと下降している。そうなのだ。観覧車は人生のようだ。頂上まではワクワクと未来に向けて夢を見るが、てっぺんを過ぎると未来よりも現実という地面が近づいて来る。遠くの景色に夢を馳せることはなくなってしまう。

なにをネガティブな話をと、ここまで読まれた方は感じるだろう。違うのだ。決してネガティブな話を羅列しようとは思わない。ネガティブはポジティブと背中合わせ、一対になっている。つまり、ネガティブさを通り過ぎた先にポジティブが待っている。そう僕は信じている。だから、ネガティブな思いに駆られるということは、ポジティブへの助走だともとれる。この世界は常に表裏一体で、ワンサイドではない。必ず裏返しのアナザーサイドが存在していると思う。それらがまるで〝やじろべえ〟のようにバランスを保ちながら存在している。

観覧車に哀愁を感じるというのは、観覧車がそうなのではなく、それを見る立場が変わってしまったということなのだ。些細なことでも楽しめていたのに、年を重ねて行くことで、それが出来なくなってしまった。それを悲観しても仕方がない。それは現実なのだから。ならば、もう観覧車に乗るということをしなければいいのだ。観覧車を楽しめないのであれば。

僕はもう観覧車に乗ることはないと思う。だが気になる。観覧車が気にかかって仕方がない。だから、観覧車をついつい地上から眺めてしまうのだ。ゴンドラに乗り込んで、その眺望を楽しむのではなく、観覧車そのものを眺める。それが新しい観覧車の楽しみ方なのだ。ゆっくりと回る観覧車にストレスを感じることもないし、下ることへの悲壮感もない。青空を背景に回る観覧車は、どの遊具よりも大らかで優雅に見える。

空知

僕は北海道のほぼ中央に位置する赤平という町で生まれた。読み方は「あかびら」濁音だ。アイヌ語の「アカピラ」、山稜《さんりょう》の崖という言葉に由来する。今は全国的にも有名な富良野の隣の隣という中途半端な説明しか出来ない。かつては高度成長期の原動力となった石炭産業で栄えた。最盛期である一九六〇年には六万人近い人口があったが、炭鉱の閉山とともに人口は激減。今は一万二〇〇〇人程度しかいない。僕は、そのほぼ最盛期である一九六二年にこの赤平市で生まれた。生まれたての子供がその頃を覚えているわけはなく、その栄華を僕は知らない。第一、僕が赤平にいたのは満一歳までだった。当時父親は中学校の教諭をしていて転勤族だった。赤平の後、新十津川町、深川市納内町、三笠市弥生町、長沼町、美唄市と転々とした。すべて空知と呼ばれる地域に位置している。北海道は二〇一〇年四月まで一四の支庁に区切られていた。その一つが空知である。札幌市と旭川市を結ぶ国道12号、JR函館本線が貫く一帯である。

空知は今でこそ、北海道有数の稲作地帯であるが、かつては赤平同様、数多くの炭鉱があり繁栄していた。だが度重なる炭鉱事故に加え、時代はエネルギー源を石油に変え始め、それとともに炭鉱は閉山というエンディングを余儀なくされた。

小学四年生になった一九七二年。三笠市の弥生という町に引っ越した。始業のベルを聞いて家を出てもギリギリ間に合うほど学校に近かった。その校舎は木造二階建てだったが、最盛期には一二〇〇人の児童が通っていたというだけあって巨大だった。校舎の廊下で一〇〇メートル走が出来るほどだったように記憶している。だが、僕が通っていた当時は一学年一クラスしかなかった。全校生徒が一二〇人。最盛期の一〇分の一だ。そんなものだから使われていない教室も数多くあった。いや、ほとんどが使われていなかった。一部モルタルで造られていた部分だけが使われていた。クジラのように巨大な木造二階建ての校舎はほとんどが廃墟で職員室と音楽室だけが使われていた。その音楽室はこともあろうか、その巨大なクジラの二階部分の一番端にあった。教室から一番遠い所だ。

雪国ではどこもそうなのかもしれないが、北海道では吹雪の日などは集団下校ということが行われる。体育館に全校児童が集められ、居住している地域ごとに分けられ、六年生や五年生が下級生の面倒を見ながら下校する。視界の悪い吹雪の中で一年生や二年生は危険であるからそうするのだ。

音楽の授業となると集団下校のようにクラスメイトが一丸となって音楽室へと移動する。それは廃墟と化した教室を通らなければ音楽室へ辿り着けないからだ。音楽の時間はちょっとした肝試《きもだめ》し気分になる。

ある時、クラスメイトの一人が廊下を歩きながら心細げに言った。

「リコーダーを教室に忘れて来てしまった」

みな、聞こえているが答えない。

「ねえ、リコーダー忘れちゃった」

それでも誰も彼を見ようとはしなかった。来た道を今更戻る気などない。

「委員長」

誰かが言った。

「委員長の仕事じゃない」

その言葉は僕に刺さる。僕は学級委員長だった。口をへの字に曲げた。

「そうだ、委員長だ」

「そうだ行けよ」

「鈴井行ってやれよ」

こういう時の子供の結束力は固い。

「ちぇ」

と僕は舌打ちすると、渋々、リコーダーを取りに長い廊下を引き返した。委員長に選ばれていたものの、この学校に転校して来てまだ半年だった。このリコーダーを忘れたI君とは、ちゃんと話をした覚えがない。僕が仲良くしていた友人たちとは違うグループだった。無言で廊下を戻る。

「なんで俺が、こいつのために教室に戻らなきゃならないんだよ」

そう思った。

「というか、こいつはいつもドンくさいんだ」

確かにI君は体が僕より一回り小さく、跳び箱もろくに跳べなかったし足も遅かった。そんな彼に僕はあまり興味を持っていなかった。そんな彼のために恐怖心を抱かなければならないことに納得がいかなかった。

教室の外で待つ僕に、

「あったよ」

とI君は笑顔で言った。僕は何も言わず教室を背にして歩き始めた。I君はトコトコと僕の後を付いて来た。北側に面した長い廊下は昼間でも薄暗い。校舎の後ろには山が迫っており、陽が入らない。一二〇〇人もの児童がいた頃には気にもならなかったのだろうが、二人きりで歩くと物音一つなく不気味だった。自然と早歩きになる。

「待ってよ」

僕はクラスで後ろから二番目。背が高かった。I君は一番前で、〝前へならえ〟は手を腰に当てていた。だから歩幅が違う。こんな恐怖心からは早く逃れたかった。

「ちょっと、待ってよ」

待つわけがない。走れば早いが、廊下を走ってはいけないという規則だった。こういう決まりに、子供は案外従順だったりする。僕は出来る限りの早歩きで音楽室に向かった。

「ガタン!」

後ろで物音がした。そして

「キャー」

というI君の悲鳴が聞こえた。後ろを振り向くとI君の姿がない。何が起きたのか分からない。東西に延びる長い廊下には僕しかいなかった。とてつもない恐怖心が襲って来た。僕は必死に走った。多分、生涯で一番速かったのではないだろうかというぐらいの勢いだったと思う。

息を切らし、恐ろしい形相をして音楽室に入って来た僕にクラスメイトは驚き、僕と同様に恐怖心を抱いた。

「どうしたの?」

「分からない」

「I君は?」

「消えた」

「消えた！」

音楽室の中がざわつく。壁に貼られていたベートーベンやモーツァルトの肖像画さえも不気味に見えた。

おののくクラスメイトをよそに、何食わぬ顔でI君が音楽室に入って来た。みな、キョトンとした顔をしたが、一番驚いたのは僕だった。

「え？　どういうこと？」

へへへ、と笑いながらI君は、

「勝手に行っちゃうから、ちょっと脅かしたんだよ」

露骨に嫌な顔をし、一方的に早歩きをする僕に腹をたてたI君は、悪戯《いたずら》でわざと物音を立て瞬時に廊下から空の教室に隠れたのだった。ただただ恐怖心に苛《さいな》まれていた僕は、状況を冷静に判断することが出来ずに「消えた」と勝手に思い込んでしまったのだった。

この一件で、僕の株は一気に下がった。チキン野郎で友達を見捨てた奴というレッテルを暫《しばら》く貼られた。一方、クラスでも目立たない存在だったI君は逆に、その小さな体には似合わず肝っ玉の据わった奴という称号を得た。

町の至る所に廃墟があった。かつての炭鉱長屋だ。閉山してしまってからは、もぬけの殻のまま放置されていた。

日曜日の夕方。友人たちと遊んで帰宅する際、その長屋跡を抜けるのが近道だ。時計は持っていないから時間は分からないが、夕陽の傾きで、それが母親に叱《しか》られても仕方のない時間であることが分かる。早く帰らなければ。でも、誰もいない長屋跡は学校の廊下よりも不気味だ。傾いた夕陽が作り出す影は長く伸び、今にも動き出しそうで恐《こわ》い。遠回りする時間は残されていない。僕は、立ち漕ぎで自転車のペダルに最大限の力を込める。

家屋の隙間《すきま》から差す橙《だいだい》色の光、そして家屋が作り出す漆黒の影。順番に僕を包み込む。子供の恐怖心はすぐに満杯になる。我慢しきれず僕は叫んだ。

「わぁー!」

廃墟と化した長屋を一気に駆け抜ける。

原体験として廃墟が身近にあった。朽ち行く物が日常に組み込まれていた。その風景が今の僕の源になっているのだろう。万物はいずれ廃れていく。その思いが作品作りに大きく影響していることは否めない。

ずり山（赤平）

〝ずり山〟というのがある。採炭時に出る石炭以外の不要な岩や石の廃棄場所で、それが月日を重ね盛り上がりちょっとした山になる。〝ずり山〟という呼び方は北海道独自のものらしく、九州などでは〝ぼた山〟と言うらしい。

満一歳の時に生まれた赤平市を出てしまったが、母方の両親、つまり僕の祖父母はずっと赤平で暮らしていた。夏休みともなるとよく、祖父母の家に遊びに行った。もう引退していたが、祖父は炭鉱の坑夫をしていた。元々は山形県の酒田市に近い町で農業を営んでいたらしい。聞くところによると、祖父は幼い頃に両親を亡くし、叔父夫婦が面倒を見てくれたそうだ。叔父の息子が成人になったのを機に、本来自分が相続すべき農地をすべて叔父に譲り北海道に渡って来たと聞く。とても無口な人だった。

僕の中での記憶は、静かに笑いながら酒を飲む穏やかな人だった。祖母はそれとは対照的に、よく喋《しゃべ》る愉快な人だった。これまた聞いた話だが、町内ののど自慢大会などの行事には率先して参加する人だったらしい。

「誰に似たのかねえ、私は人前に出るのは一切嫌だから」

今の僕に対して母がよく言う言葉だ。母は僕に言った。

「考えられるのは、おばあちゃんの血だね。あの人は本当によく、いろんな所に顔を出していたから」

確かにそうなのかもしれない。

祖父母の家に行くと必ず連れて行かれる場所があった。それが〝ずり山〟だった。

「たーちゃん、〝ずり山〟に行くよ」

初めて連れて行かれたのは、僕がまだ四、五歳だったと思う。祖母は右手にブリキのバケツを持ち、左手で僕の小さな右手を包み込んだ。

「大丈夫かい」

トコトコと歩く僕を祖母は気遣った。僕は笑顔で頷《うなず》く。祖母の家から〝ずり山〟までどれくらいの距離があったか覚えていない。だが、祖母の家は山間にあり、そこを下って行ったのだろう。

〝ずり山〟は人工的に作られた山だから傾斜が急だ。その山には、岩や石に混じり小さな黒い欠片《かけら》が点在していた。小さな石炭がいっぱいある。家庭のストーブなどに使うには充分な石炭がゴロゴロ落ちているのだった。それを拾い集める。

「ほら、ここにもある」

その声に僕は駆け寄る。

「たーちゃん、こっちにもあるよ」

幼い子供にとっては格好の遊びだった。

「おばあちゃん、これ？」

「ああ、そうだよ」

「これは？」

小さな手で拾い上げる黒い塊。

「それも石炭だよ」

ブリキのバケツが石炭で埋まって行くのに、そう時間はかからない。

「もういいよ。これ以上はバケツが重たくて持てなくなるから」

祖母は、黒く汚れた僕の手を躊躇《ちゅうちょ》なく握りしめた。〝ずり山〟は急だから下りるのが大変だ。しかも足下はゴロゴロした石だらけだ。足を取られたら転がり落ちてしまうかもしれない。ゆっくりと踵《かかと》までしっかり着け、一歩一歩確かめるように下りて行く。

祖母を思う時、必ずこの〝ずり山〟のことが思い返される。

遊びに興じてはいたが、そんなに面白かったわけでもないと思う。なのに、このことが一番の思い出として残っているのはどうしてなのだろう。

〝ずり山〟に残された石炭は言わばクズである。製品として成さない捨てられた存在だ。時に〝ずり山〟では、下層で石炭のクズが、上層の重みで圧力がかけられ可燃性ガスを発生させることもあったという。そのガスは圧力による熱や、石が転がり落ちる時の摩擦などで発火することもあったと聞く。

実際には見たことがないが、その話を聞いて「風前の灯火」という言葉が浮かんで来た。

せっかく掘り出されたのに、誰にも知られずに〝ずり山〟に埋もれて行く石炭の欠片の抵抗のように思えて仕方がない。

「勝手に掘り起こしておきながら、クズ扱いしやがって。このまま黙って埋もれて行くのはしゃくだ。せめてもの抵抗だ。見ていろ！」

そう言って石炭が燃えていくように思えて仕方がない。

祖母がそんな石炭の気持ちを汲んで、石炭拾いをしていたとは思えない。その頃は、そんな行為が普通だったのだろうか。裕福とは言えないが貧しかったわけでもない。石炭拾いを収入源にしていたわけではない。きっと、

「もったいないから」

という昔の人の考えであったと思う。それだけだろう。

でも、僕には深く突き刺さった思い出なのだ。いや、正確には、このことを思い返す度に、年々僕自身が後付けで意味を持たせてきたように思う。

人間は勝手だと思う。そこに何かがあれば、わーっと集まり根こそぎさらって行く。高度経済成長期の石炭産業も同じだ。戦後復興の名の下にエネルギー資源が必要だった。それが採炭地に向けられた。大手企業がやって来て人々も沢山やって来た。

地下を空洞にするほど、掘り続けた。落盤事故やガス爆発事故が起こっても掘り続けた。そして必要がなくなるとさっと身を引いていった。残されたのは、廃墟と化した炭鉱跡地と住宅。そして財政に苦しむ自治体。急速に過疎化した町は再建もままならない。

今でこそ、取り壊されたり自然に朽ち廃墟は数少なくなった。でも、子供の頃は幽霊が出てもおかしくないような廃墟が町を支配していた。そんな町並に恐れを感じていたが、僕には聞こえていた。

「忘れないで」

振り向きはしなかったが、心の中で問い返した。

「何を?」

「今を築いたのは、僕たちがこの町にいたからだ」

その声の主は分からない。そこにかつていた人たちからの叫びなのか、廃墟そのもののからなのか、それとも石炭たちからのものなのか。

でも、忘れちゃいけないと思う。今、僕たちが生きているのは何かを踏み台にして来たからだ。

大自然豊かな美しい北海道。それに憧れ、絵はがきに収められた景色を体感する。新鮮な海産物や農作物に舌鼓《したつづみ》を打つ。デジカメに収められた思い出は、どれも楽しいものばかり。

「また、北海道に行きたいなあ」

そう思っていただくことに何の反論もないし、大歓迎だ。

だが、時代とともに忘れ去られようとしているものも北海道にはある。それが僕の生まれ育った場所だ。だから、少なくとも僕は忘れない。〝ずり山〟というクズで作られた山のことを。

多くの〝ずり山〟は石ころだらけのはずなのに、今、緑に覆われ、それが〝ずり山〟なのかどうかも判別しにくくなっている。人々の記憶だけでなく、自然界でも同化し、その姿をなくし始めている。

今、生まれ故郷である赤平市には七七七段の日本一のずり山階段がある。そして夏にはそこで火祭りが行われる。その炎はきっと、石炭の欠片の叫びなのだろう。

石炭が燃える臭い

入学した小学校の教室には、ダルマストーブと呼ばれる丸い大きなストーブが冬になると設置された。冬といっても九月の下旬にはもうあったように思う。ダルマストーブは石炭を燃やすストーブだ。ストーブの横に石炭置き場があり、ほとんどは先生が石炭をくべたが、日直がやることもあった。

広い教室の中で暖房はそれだけであるから、同じ教室でもストーブに近いと暖かく、後ろの隅ともなると寒くて仕方がなかった。

給食ともなると、ホットミルクを作ろうとストーブの蒸発皿の争奪合戦になる。お湯が張られた小さなタライに瓶の牛乳を入れる。数には限りがある。クラスでの権力の差が浮き彫りになる瞬間でもあった。だが温めすぎると、瓶自体が熱く、飲めやしなかった。さらにストーブのすぐ近くの席になると悲惨な出来事が頻繁に起こった。

当時の小学生が持つ筆箱は大抵、プラスチックをベースに表面はビニールが張られ、そこに人気キャラクターがプリントされたものだった。素材がそれだから、ストーブに近いとその熱で、筆箱がやられてしまう。ぐにゃぐにゃに曲がってしまうのだ。カッコいいヒーローも、可愛らしいキャラクターも無惨な姿になった。

一般家庭には温度調整が可能な石油ストーブが、その座を占め始めていたが、学校の暖房や風呂を焚《た》くのはまだまだ石炭が多かったように思う。

家々の煙突からは石炭の煙が流れ出ていた。石炭を燃やす臭いは独特だ。僕にとっては、どこか甘く切ない臭いとして記憶している。それは夕方になるとどこからともなく臭って来る。その臭いを嗅《か》ぐと、ああ家路を急がなくてはと思っていた。もう少し遊んでいたいのに、あの臭いは母親の、

「いつまで遊んでるの！」

というような恐さも含んでいたように思う。だから、石炭の臭いがすると気が急《せ》いた。多分、それは僕だけではなかっただろう。当時の子供は誰もが感じていたことではないかと思う。

小学高学年になると風呂を沸かすのは僕の仕事になった。その頃もまだ石炭であった。まずは新聞紙にマッチで火をつける。その炎が石炭に移り大きな炎となる。火がつけば後は、その火を絶やさないようにするだけの話だ。一度燃えた石炭は、二〇分

はそのままでも大丈夫だ。席を立って、また二〇分後に様子を見に来ればいいものを、僕はずっと石炭ストーブの側にいた。あの臭いだ。

石炭の臭いが僕を縛り付けていた。石炭が燃える臭いはどこか安心出来た。そして、燃えて灰になる石炭が切ない。赤々と燃えていたのに色味を失う。それを見ていられない。だから次の石炭をくべる。黒い塊が赤くなり、白く色を失う。

昔の子供たちがガソリン自動車の排ガスの臭いに取り付かれ、車を追いかけたという話を聞いたことがある。それと同じように、僕にとって子供の頃の臭いの記憶は石炭が燃える臭いだった。

モクモクと煙突から空へ伸びる煙というのは、光景としてもしっかりと覚えている。何故に心惹《ひ》かれたのかは未だもって謎だ。その臭いが持つ独特のものだからかもしれないが、同時に石炭がもう時代錯誤で、居間にある石油ストーブだけでなく、この風呂場のストーブもいずれ石油に取って代わるというのは小学生でも感じていたのだろう。

僕の周りは常に儚《はかな》い物が取り巻いていた。それらが少しでも延命出来たならと思っていたのは、今、大人になったから思うことなのだろうか。退廃的な観念は自分が生まれ育った環境によるものだと思う。同じ北海道でも緑豊かな大自然を駆けずり回っていたのならば、考え方もまた違っていただろう。残念ながら、僕の周りにあったものは時代錯誤と呼ばれ、静かにその寿命が終わるのを待つ存在のものしかなかった。幼くして希望を持つよりも、世の中の仕組みと言ってはオーバーだが、どうにもならないことを感じ取っていた。もがいても仕方がない。時代が、流れがそうなのだから。随分と冷ややかな子供だったように思う。

北海道を舞台にした大ヒットドラマがあった。北海道に移住して来た親子の物語だった。そのドラマに憧れ北海道を訪れた人も多く、中には移住までした人がいると聞く。だが、僕はそのドラマが嫌いだった。貧しく困難な生活をしながらも、どこかに希望があった。でも僕が思う現実の北海道には希望がなかった。美化される北海道に憤りさえ覚えた。

でも、所詮《しょせん》それはドラマの話。現実とは違う。ドラマを見ながら現実と混在させていたから嫌いだったのだと思う。

「こんなもんじゃねえ」

という思いを払拭《ふっしょく》出来ないでいた。僕はどこかで朽ちて行く北海道しか想像していなかったのだから。でも、今は違う。朽ちる、終わるということは、新しいことの始まりであるように思えて仕方がない。廃墟となった過去の産物を眺めながら思う。

「さて、どう始めるか」

そう思うと、あのドラマはバイブルになる。電気も水道もない場所からのスタート。そこに引き返す勇気が今の僕には必要なのだ。いや、電気も水道もないことの有り難み、終わってしまうことの割り切りを求められているように思う。まだまだ、とか思うのではなく、もうダメだなと思った所から、新しい物語が始まる。

今一度、あのドラマが見てみたくなった。

この先は、物語の「LAST Fantasy」が始まる。

親とは？　子とは？　その答えを見つけられない一人の女性が主人公だ。でも、もしかしたらその答えは、案外、身近なところにあるのかもしれない。貴方も一緒に、その答えを探し出してほしい。

目次

LAST Fantasy

L A S T F a n t a s y

ラストファンタジー

第一章
私のこと

母親になったことを私は後悔している。自分が母親になるなど想像したことがなかった。いや、自分が母親なんぞになることはないと思い込んでいた。好きな男が出来ても子供を欲しいと思ったことはなかったし、それ以前に、家族を知らない私は家族を作ることを嫌っていた。家族など必要ないとずっと思っていた。だから私は、母親になるなどとは夢にも思っていなかった。なのに私は、母親を五年以上も演じている。

「寒い」

口から吐き出された当たり前の言葉は白い冷気を伴った。首に巻き付けた黒いカシミヤのマフラーを私は強く締めた。カシミヤといっても買ったのは安売りの量販店だ。千円札二枚でおつりがきた。マフラーと一緒に手に入れたロングコートが足にまとわりつく。ダウンだから暖かいのだが腰まですっぽり包まれ野暮ったい。まるでティッシュ配りのバイトのようだ。やはりショート丈にすべきだったと今更ながらに後悔した。

北海道札幌市。中央分離帯の樹木は雪囲いが施され、歩道の並木も葉を落とし、虚弱な裸体を曝《さら》け出していた。街並を彩っていた草花の姿はとうにない。アスファルトとコンクリートの灰色だけが強調されているかのようだった。ガソリンスタンドには冬タイヤの交換を待つ乗用車が列を連ねていた。一一月初旬、北緯四三度に位置するこの街には、もうすぐ雪が降る。

私は雪が嫌いだ。

雪が辺りを白くしてしまうと決まって思い出すことがある。いろんな色を重ねて生きてきても真っ白に戻されてしまうように思えるから、私は雪が嫌いだった。

二五年前、雪が降る日に私は母に捨てられた。夕げの支度を終えた母は、無言で私を食卓へ促し寝室に籠《こも》った。七歳だった私は独りぼっちで用意されたハンバーグを食べた。皿に当たるフォークの〝カチャカチャ〟という音だけが響いた。母が作る料理の中で一番好きなのがハンバーグだった。合挽肉の中に細かいサイコロ状のジャガイモが入っている。それが半生状態に絶妙に焼き上がりコリコリした歯ごたえがあり美《お》味《い》しかった。だが、その日のハンバーグは焦げ目が多く苦かった。

寝室から出てきた母は別人だった。丹念に重ねられたマスカラは獣のように威圧的で、真っ赤に塗られた唇は血の臭いがするかに見えた。子供心に私は見てはいけないものを見てしまった恐怖心に襲われた。間違いなく母であるのだが、それを認めたくはない。そう思いたくはない。

「ちがう。あれはママじゃない。ママは何か悪い魔法にかかってしまったんだ」

母と目を合わせないようにしながら、苦いハンバーグを私は口に入れた。ハンバーグを頰張《ほおば》る私の方を母は見向きもせず、ボストンバッグを手に玄関へと向かった。

「どうしよう？　どうしたらいい？」

夕食を終え、母が外出することは珍しくはなかった。大抵は近所のカラオケスナックで時間を費やしていた。一度だけ一緒に連れて行ってもらったことがあるからそうだと思っていた。母は決まってジーンズにトレーナー、夏場だとサンダル履きのまま出かけた。もちろん化粧などしない。

でも、今日は違う。

さらにここ半年ほど、私に隠れて母は電話線を伸ばし誰かと話していた。隣室に入ったきり一時間も出て来ないことが何度もあった。子供の私にまで隠れるように電話をしていた。

三ヶ月前、学校が午前授業だった日のことだった。家の前に黒い大きな車が止まっていた。玄関からは見知らぬ男の人が出て来た。私は向かいの家のブロック塀に身を隠した。見知らぬ男に母は見たこともない笑みを浮かべていた。父にも私にも見せたことのない甘い笑顔だった。それを見た時、母が隠れて電話をしている相手はこの男だと私は思った。それ以来、私は母の顔色を窺《うかが》いながら生きてきた。この日が来ることをどこかで予感し、その予感が外れることを期待しながら。

「ママ行かないで」

フォークを放り出し私は玄関へ向かった。無我夢中で母の元へすり寄り、コートの裾にしがみついた。

「ママ、ダメ。ママ、ダメ」

何がダメなのか私には分からない。ただ、そう言うしかなかった。悪い魔法にかかった母を正気に戻す術《すべ》を私は知らない。むせ返るような香水の臭いが鼻について思わず私は母から退いた。あっと思う間もなくそのタイミングで母は出て行った。ドアが閉まる〝ビシャ〟という冷たい音が今でも耳に残っている。

母はただの一度も振り返りはしなかった。せめて「ごめんね」とひとこと言ってくれたのなら、私の半生はまだ希望があったのかもしれない。だが母は、一瞬たりとも躊躇することなく私を振り向きもしなかった。それ以来、いつも絶望を振り切れずに私は生きてきたように思う。

「ワタシ　ハ　ステラレタ」

捨てられたという事実が一一〇センチの体に重くのしかかった。私は親に捨てられた必要のない子供なのだ。

私が生まれ育った町は冬になると流氷が押し寄せるオホーツク海に面していた。父は人生の半分を海で過ごす漁師で、私はいつも母と二人きりだった。父と食卓を囲んだ記憶がほとんどない。母と二人きりの食卓は話が弾むものではなかった。会話の隙間のほとんどをテレビが埋めていた。それが当たり前だとずっと思っていた。だから家族団欒《だんらん》の意味が今でも私には分からない。経験していないのだから感覚的に分からないのだ。ましてや団欒という文字もきっと書けないだろう。

母に捨てられてからの私は、学校が終わると伯母の家で食事をし、寝るためだけに自宅へと戻った。子供一人で暮らすのは心配だと伯母は同居を勧めてくれたが、私は家を守らなければならないと思っていた。父はもちろん、もしかしたら母も戻って来るのかもしれない。だから、家にいなければならない。それが私の役目だと思っていた。

ガランとした自宅は普通の子供ならば、心細くて一人ではいられない。部屋中の電気を点《つ》けて寝床に入るのであろうが、私は平気だった。すべての電気を消し真っ暗な中、自分のベッドに潜り込む。恐くはない。真っ暗であるという目に見える不安よりも、私の絶望は深く、心の奥にリアルな暗闇が存在していた。

父はほとんど海に出ていて、陸に上がるのは年に数回、しかも一週間程度だった。陸にいても夜は毎日飲みに出て、顔を合わせるのは私が学校から帰宅した夕方の一時間程度だ。一緒にいても話すことがない。父も最初は「学校はどうだ？」とか「友達はいるのか？」と当たり障りのないことを訊《き》いてきたがすぐに話題は底を突いた。茶の間にはただテレビの音だけが流れていた。そんな父に愛情を感じるはずもなかった。多分、父も同じだっただろう。生まれてもろくに抱くことがなかった娘は、目に入れれば痛みを感じたに違いない。毎日食事を用意してくれる伯母の方が余程大切に思えた。だが伯母も生きていくために必要なだけとどこかで私は割り切っていた。餌《えさ》をくれる飼い主に尻尾を振るミニチュア・ダックスフントとさほど変わらない感情で私は生きていた。

小学校の三年生ともなると自分の身の回りのことは大抵、自分で出来るようになっていた。スーパーで買い物をし、踏み台に上り洗濯機のスイッチを押した。洗濯ネットの必要性も理解していたし、柔軟仕上げ剤を入れるタイミングも間違うことはなかった。町内会費の意味も知っていたし、ゴミの分別も出来た。陸にはいない父から渡された唯一の〝絆〟であるキャッシュカードも使いこなせた。自分でお金を下ろし給食袋に詰め、担任に毎月渡した。

簡単なものではあったが食事も自分で作れるようになっていた。そうなると伯母の家に立ち寄り尻尾を振る必要がなくなる。私はますます孤独になっていった。でも寂しくはなかった。私にとってはそれが当たり前なのだ。家族団欒も家族旅行も知らないのだから一人でいるのが辛くはない。テレビから垂れ流されるホームドラマの楽しそうな映像を見ても私は何も感じなかった。体験したことがないのだから分からない。私には母も父もいないのだから仕方がないことなのだ。

その年の一月下旬、記録的な大雪が降った。何十年ぶりかの大雪で、テレビニュースは混乱する鉄道や道路を映し出していた。時間割表を見ながら私はランドセルに教科書を詰めていた。テレビの右隅に表示された時刻は「八時〇五分」。決まってこの時間に家を出る。いつもと同じように家を出ようとした。が、玄関が開かない。力を込めても扉が開かない。一晩に五〇センチも積もった雪が私を家に閉じ込めてしまったのだ。大人なら力いっぱい押せば開けられたのだろう。だが小学生の私には無理だった。

何度も何度も扉にぶつかっていった。二年前に母がビシャと閉め切った扉を私は必死に開けようとした。でも扉は開かなかった。全身の力を振り絞って開けようとしたが子供の私には無理だった。止めどなく涙が流れた。

「あー！　あー！」

声にならない叫びを続けた。普通の子供なら「お母さーん！」と叫ぶのだろうが私には母がいない。

それまでは何があっても自分を律してきた。「母親にステラレタ子」と後ろ指を指されないよう模範的に生きてきたつもりだ。子供ながらに勉強も頑張り成績上位を維持してきた。そうすれば境遇がどうであれ大人たちには嫌われないことを私は知っていた。辛いことがあっても一三〇センチにも満たない体で耐えてきた。人前で涙を流したことは一度もなかった。

家に閉じ込められた私は孤独の恐ろしさが重圧となって押しつぶされそうだった。一人であることに不安を感じたことなど一度もなかったのに、その時ばかりはどうしていいのか分からなくなってしまった。

一時過ぎになって伯母がやって来た。学校から連絡があったそうだ。心配した伯母は飛んで来たのだった。

「なんで電話しなかったの？　おばちゃんに電話くれたらよかったのに。しっかりしてるようだけど満里恵ちゃんも、やっぱり子供なんだね」

冷えきった私を伯母が抱きかかえてくれた。ふくよかな体から温もりが伝わった。でもその温もりは私をかえって不安にさせた。母親だったならば素直に身を委ねたことだろう。

「あら？」

抱き起こした私の異変を伯母が察知した。

「どこか怪我した？」

ギンガムチェックのスカートの裾。白い部分が赤く染まっていた。

「血が出てるよ」

と言われても何の痛みも私は感じていなかった。なんだか分からないうちに伯母が状況を察知した。

「え？　まだ三年生でしょう？」

伯母が何を言っているのか私には分からなかった。伯母の視線の先、私がずっと座り込んでいた場所に血がべったりと付いていた。慌ててスカートの中に手を入れた。触れた右手にも赤い血が付いていた。私は初潮を迎えたのだった。

混乱していた私は気がつかないでいた。しかも何が起きたのかさえも、私は理解していなかった。悪い病気にかかってしまったのではないかという恐怖に襲われ、ただただ泣きじゃくっていた。理解するのにそれから二時間を要した。伯母から大人になることを説明された。私は九歳で女になった。母がいてくれたなら混乱することもなかっただろうし、ましてやこんなに早く女になることはなかったのかもしれない。体が早く大人になることを求めていた。

「でも、三年生ってのはちょっと早いよね」

と言った伯母の目を蔑《さげす》んでいるように感じたのは気のせいだったのだろうか。自分の義妹の子ではなく、男と逃げた女の娘として向けられた目であったように感じた。
これが二つ目の忌《い》まわしい雪の思い出。だから私は雪が嫌いなのだ。

広口のワイングラスを磨いている時に起こるようなキュッキュッという雪を踏みしめる音が耳にまとわりつく。少しでも音が鳴らないよう軽やかに足踏みしようとするが、滑りやすい雪道では上手くいかない。結局のところなす術はない。歩けば歩くだけ気分が滅入った。

角のコンビニエンスストアを右に曲がると通い慣れた病院が見えた。札幌陵北総合病院。有名建築家がデザインしたというその建物は病院というよりも外資系ホテルのような佇《たたず》まいだ。頻繁に救急車が出入りしなければスーツケースを携えた客がチェックインを求めるかもしれない。

この病院の四階に私の息子がいる。転院を何度も繰り返し、この病院に辿り着いた。日本でも有数の心臓外科医がいる。息子に残されたのはもう外科的治療しかないと診断された。でも手術を受けることなくもう二年以上の歳月が流れていた。

「はぁ……」

溜め息が眼前を白く濁らせた。足取りは、鉛が付いているかのように重い。

ナースステーションにまずは立ち寄った。

「こんばんは」

卵のようなくびれのない体型をした看護主任が、笑顔で近づいて来る。

「あら小早川さん、いつもご苦労様。仕事は忙しくないの？」

点と線だけで描かれる雪ダルマのような笑顔だった。

「もう雪が降るのでお客さんもさっぱりです。冬期間にバイクを預けるお客さんの対応ぐらいですね。店頭ももうバイクに代わり除雪機が並びました」

バイク販売店で経理の仕事を私はしていた。

「そうよね、雪道でバイク乗る人なんていないものね」

「ええ、新聞屋さんと郵便屋さんぐらいです」

「ああ、そうね。冬でも走ってるわね。よく転ばないなあと思う」

「スノータイヤに交換しますから」

「へえ、そうなんだ」

私は笑顔で受け答えした。

「でも、小早川さんは偉いと思う」

「え？」

言われることは分かっていたが、私はとぼけてみせた。

「仕事しながら、毎日ちゃんと病院に顔を出して」

「働かないと治療費を払えませんから。母親として当たり前のことです」

模範的な回答だと自分でも思った。笑顔を見せるが、目の輝きは消す。焦点をどこにも合わさずにボーと目を送る。それだけで疲れた目元を作り上げることが出来るのを私は知っていた。母親の苦労が浮き彫りになる。そのことを私はよく分かっていた。

誰から見ても模範的な母親像を私は見事に演じていたのだった。

第二章

出産——五年前

「元気な男の子ですよ」

朦朧《もうろう》とした意識の中、助産師の優しい声が耳に届いた。ついさっきまで甲高《かんだか》く「いきんでー!」と叫んでいた声とは随分と調子が違うなと私は思った。出産の痛みは想像を遥《はる》かに超えていた。今起きていた痛みを思い返そうにも正確には思い出せない。たとえるならば下唇を思いっきり引っ張られ、それを頭にすっぽりと被《かぶ》せるような感じだ。伸ばされた下唇は今にも引き裂かれそうな痛みを伴う。でも裂けきらずに伸ばされ続けるのだ。もちろんそんな体験はしたことがないから、このたとえが正しいかどうかは分からない。途中で産婦人科医が「切開しますね」と言った。出産前に医師からの説明で聞いていた。

「出産時、赤ちゃんが出てくる時に、膣口が充分に伸びていないと肛門や直腸まで裂傷を起こすことがあります。そうした事態を避けるために、必要に応じて、ハサミで会陰を切ることもありますので」

説明を聞いた時にはゾッとした。あそこをハサミで切られるなんてまっぴらごめんだと思った。ただ分娩台で苦しんでいる時にはもう考える力も残ってはいなかった。一瞬、医師が手にしたハサミが視界に入ったが「どうにでもしてくれ」というのが本音だった。それぐらい私は痛みで麻痺していたのだ。

蜘蛛《くも》の目のような無影灯が眩しかった。足台のヒモを看護師が緩めている。やっと拷問《ごうもん》が終わった。

「はい。見て下さい」

へその緒を付けたままの塊が目の前に差し出された。皺《しわ》だらけの皮膚に覆われた塊は人間にはほど遠く、出来の良い猿にしか見えなかった。

「可愛い」

とは間違っても言えない。何も感じなかった。もちろん喜びもない。助産師や看護師が笑みを浮かべても私は何の反応も出来なかった。堪え難い陣痛から解放されたという安堵《あんど》しかなかった。

「立派な男の子ですよ」

今これが自分の体の中から出てきたという事実を実感出来ないでいた。周りの状況からするとどう見ても自分は子供を産んだのだ。母親になってしまったのだ。女としての一大事業を成し遂げたらしい。でも私は、そのことよりも拷問から逃れた重罪人の気分に浸っていた。どんな重い苦痛であっても私は白状しなかった。本当は子供など欲しくはない。家族など私には必要ないということを私は白状せず拷問に耐えたのだ。

母親に捨てられた私は家族を信じてはいなかったし、家族を持つことを嫌った。だが私は妊娠してしまった。

相手の男とは二年間交際していた。私より二歳年上で大手自動車販売店に勤務していた。新車を購入する際、私の担当者になったのが出会いだ。優しくセックスの相性も悪くはなかったが、特出した男ではない。それは彼に決まったことではなく私にとってはどんな男も特出した存在にはなり得ない。だって、私は誰も信じていないのだから。

何度か男の口から「結婚」という言葉が出たが、それはあくまでも私との関係を保つためだけの餌であり、私は騙《だま》された振りをしてその餌に食らいついてやっていた。

現に妊娠を告げた時、男は動揺した。

「結婚と親になるのは別問題」

と苦し紛れの言い訳を男はした。車のフロントガラスを見たまま私には目を向けない。ハンドルに置かれた男の指がギターを奏でるイングヴェイ・マルムスティーンのように忙《せわ》しなく動いていた。

　私だって親になるつもりはない。ましてや結婚して家族を作る気など毛頭ない。堕胎しようと思うことを告げると男は沈痛な面持《おもも》ちを見せたが、目の奥から不安げな光が消えた。その時に私は感じた。

「こいつも私を捨てる気だ」

　その男に未練など微塵《みじん》もなかった。ただ、捨てられるのは嫌だ。まっぴらごめんだ。案の定、その日から男は私を避けた。週に一度は必ず逢《あ》っていたのに、

「仕事が忙しい」

　というありきたりな理由で私に逢おうとはしなかった。ただ時折メールだけが届いた。

『なかなか逢えなくてごめん。堕胎費用は僕が持ちますから。男の責任として僕が払いますから言って下さい』

　私は、

『二〇万円』

　とだけ書いたメールを送信した。翌日、私の銀行口座にきっちり二〇万円が振り込

まれていた。私の体を気遣う電話もメールもない。これがあの男の私に対する答えなのだ。嬲《なぶ》られるだけ嬲られて捨てられる。ゴミステーションに置かれた首のとれた人形と私は何ら変わらない。

預金通帳に刻まれた「200,000」の文字を眺めながら私は思った。お腹の中の子供を産もう、と。そうすればあの男は一生、私から逃れることは出来ない。恋人には戻れなくとも、子供の父親という事実は一生消えることはない。ならば私はあの男に捨てられたことにはならない。子供を産むことであの男に十字架を背負わせてやる。恨みつらみの復讐《ふくしゅう》などという生易しいものとは違う。天の裁きだ。

小さなベッドで眠る赤ん坊に携帯電話を向けた。「カシャ」とシャッター音が病室に響いた。液晶画面には生まれたばかりの子供が写っていた。半年以上も連絡していない男のメールアドレスを引き出す。『佐藤慎治』。今撮ったばかりの写真を添付した。メールの文面には、

『名前はあなたの一文字を貰い慎一郎にします』

と書き添え送信ボタンを押し、私は電源を切った。今夜、あの男は眠れないことだろう。いや、小心者である男は一生不安なまま生きることになるに違いない。それで

いい。

「ダレモ　ワタシヲ　ステルコト　ハ　デキナイ」

　そう思いながら私は深い眠りについた。


　その夜、父の夢を見た。遠い昔に忘れた父親。漁師の父親は二ヶ月に一度の割合でしか家に戻って来なかった。遠洋に出て港に戻るのはせいぜいそんなもので、次の漁に出るまでの準備に一週間。その期間しか陸にはいなかった。会う度、成長した私にいつも父は戸惑っていた。世話になっていた伯母にも一度だけ言われたことがある。

「だんだんとお母さんに似てくるね」そう言った後すぐに伯母はレモンを齧《かじ》ったように顔をしかめた。

　私が高校二年生になった春。二ヶ月ぶりに戻った父は、陸にいる間いつもそうしているように、毎晩小さな繁華街の寂れたスナックでしこたま酒を飲んで帰って来た。玄関先までは誰かに連れて来られたのだろうが、その先へ進む余力は残っていないようだった。放っておこうかとも思ったが「父だから」という思いから七〇キロはあろうかという体を抱き起こそうとした。だが簡単には起こせない。何度も何度も挑むが私には持ち上げられなかった。そうしているうちに父が目を覚ました。そして私を見るなり平手打ちをした。とっさのことで私は避けられず、殴られた反動で倒れた。酔った父は奇声を上げ私に乗りかかった。

「なんでいる。なんでいる」

父はそう言いながら何度も何度も私を殴った。私は何が何だか分からなかった。両手で顔をかばうのが精一杯だった。私は言った。何度も言った。

「お父さん、やめて。やめてお父さん！」

その言葉で父は我に返った。

「あっ」

と声を詰まらせたまま父は固まった。父は私を母と間違えたのだ。確かに鏡を見て自分でもハッとすることがあった。奥二重の大きな眼、その間にある鼻筋は決して高くはないが奇麗な稜線《りょうせん》を描いていた。肉厚な唇は好みが分かれるところだが肉感的な印象を与える。一応二択ならば美人の部類に入るのだろうが、頬骨が発達し輪郭を崩していた。母はその輪郭を嫌い真ん中分けで長く前髪を伸ばし頬骨を隠していた。あの忌々《いまいま》しい思い出が瞬時に蘇《よみがえ》る。父は狼狽《ろうばい》し千鳥足のまま寝室に逃げ込んだ。それが父を見た最後だった。

翌日早々に海に出た父は再び陸に戻ることはなかった。北方領土沖で高波に襲われ、父の乗る光栄丸は転覆した。乗組員は海に放り出され、そのほとんどが行方不明になった。三週間後に一人の遺体が見つかるが、他の九人は未だに発見されていない。

空っぽの棺《ひつぎ》を私はただ呆然と見つめた。合同葬儀の会場ではあちらこちらで嗚咽《おえつ》が聞こえた。そんな中、高校生の私は父がいなくなった現実に何も感じなかった。愛情を注いでもらった記憶がないのだから私も父に対しての愛情はなかった。悲しくはなかった。ただ、友人や親戚はもちろん、初めて会う見ず知らずの人まで私に同情の視線を向けた。今までは「母親に捨てられた」と哀れむのと同時にどこか蔑んだ目を向けられた。しかし父も死に天涯孤独となってしまった私は頭のてっぺんからつま先までどう見ても可哀想な女の子だった。どこかぎこちなく私を避けていた人たちまで私に優しくなった。手のひらを返したように親身になってくれたのは担任教師だった。しきりと進路を案じてくれた上に、月に一度ではあったが彼女の食卓に私を招いてくれた。みんなが私を気にかけ心配してくれた。小学生の時、家に閉じ込められても来てくれたのは親戚の伯母さんだけだったのに。

「ソウカ、ワタシハ　カワイソウナンダ」

私は人から同情される術を知った。

夢の中での父は笑顔でビデオカメラを回していた。被写体は私と母だった。その二人も何が楽しいのか分からないが笑顔ではしゃいでいる。場所もどこだか分からない。そんな記憶はないし、ましてや我が家にビデオカメラはなかった。記憶だけではなく記録としても家族の思い出は残されていない。

でも、今どうして父の夢を見たのか？　私は窓の外、白みかけた空を見つめながら考えた。だが答えは出てこない。あの最後の日、父は私を母と思い込んで殴った。父は母に対してどんな感情を抱いていたのであろう。今となっては知る術はない。でも少なくとも私にはあの母と同じ血が半分流れている。そう思うと吐き気がした。私は生まれたての息子を横に胃液しか出ない嘔吐を繰り返した。

三ヶ月検診で息子の心臓に疾患が見つかった。病名は修正大血管転位症。曇り一つない眼鏡をかけた三〇過ぎの医師が病名を口にした時、私は「はあ？」と聞き返した。

「修正大血管転位症」

滑舌が悪かったと思った医師は改めてハキハキと言った。二度目に告げられても私にはお経のようにしか聞こえなかった。

「心臓の構造が先天的に左右入れ替わっているのです」

医師は簡潔に説明しようと思ったのだろうが私には理解出来なかった。

「生まれながらにして左心室と右心室が入れ替わっているんです。血行状態は正常なので今は病状としては現れていませんが、成長とともに血液が逆流し心不全を起こします」

「心不全？」

やっと私にも理解出来るワードが出てきた。

「他にもいろんな合併症の可能性があります」

と医師は申し訳なさそうに付け加えた。

「それは、重病ということですよね」

「……はい」

風船を手放した子供のような顔で医師は答えた。病気自体は医師の責任ではない。医療に携わる者としては毅然たる態度でいてほしかった。医師が不安な表情をすべきではない。私は腹が立ち声を荒らげてしまった。

「先生、どうすればいいんですか」

鹿威《ししおど》しが跳ね上がるように医師は体をビクンとさせた。困った顔をしたまま医師は言った。

「移植手術しか選択肢はありません」

「移植って、心臓をですか？」

「……はい」

「まだ三ヶ月ですよ」

「はい。ですから今すぐには無理です。手術に耐えうるだけの体力がつくぐらい成長しなければ無理だとは思います」

「具体的にはいつですか？」

「概算でしか言えませんが、あと数年は必要かと思います」

「数年？」

　重大な疾患を抱えていると言いながら、医師は数年待てと言う。私は少々混乱していた。

「先生、その数年間に発病しないという保証はあるのですか？」

「多分……ありません」

　曖昧《あいまい》な答えが私をさらに失望させた。

「小早川さん」

「はい」

「無責任に聞こえるかもしれませんが、いつ発病するかは私たちにも分かりません。投薬などの内服治療で、ある程度、緩和することは可能でしょうが、最終的には移植しなくてはなりません。ただ」

「……ただ？」

「日本ではまだ一五歳未満の臓器移植は禁止されています」

「？」

「今のところ日本の法律上、国内では手術出来ないんです」

「……よく、分かりません」

「海外のほとんどの国が〝脳死イコール死〟としているのに対して、日本では、書面で臓器提供の意思表示をした場合のみ『脳死』が死と認められます。子供は提供の意思を書面で残すことが困難なため、意思表示出来る年齢を、法律上、遺言が残せる〝一五歳以上〟で線引きしました。ですから、一五歳未満の子供は、ドナー、つまり臓器提供者になれないという決まりがあります。患者が手術を希望しても提供してもらえないんです。ですから日本での手術は不可能なのです」

マニュアルを暗記しているかのように医師は淡々と説明した。申し訳なさそうな医師の表情が気に入らない。

「じゃあ、どうすれば」

「欧米での手術しかないと思います」

「海外ですか？」

「はい」

「……費用は？」

「一概には言えませんが……最低でも一億円ぐらいはかかるかと」

「…………」

　言葉が出なかった。次から次へと畳みかけられた現実に対応しきれない。その時の私は何をどうすればいいのか皆目見当がつかなかった。

　冷静に考えられるようになったのは病院のトイレだった。鏡に映る自分を暫く見ていた。息子が難病に侵された現実を突きつけられたのに、鏡の中の私は人形のように感情のない顔をしていた。予期せぬ現実には驚かされ困惑もした。だが元々は男に十字架を突きつけるために産んだ子供だ。母親としての愛情は持ち合わせていなかった。病気だろうが何だろうが問題はない。

「悪魔かお前」

　と鏡の自分に問うた。だが鏡の中の私は微《かす》かにほくそ笑むだけで答えはしなかった。

さらに鏡の中の私は、これからの物語を練り始めていた。

　街頭に出向き、手術代を得るために募金活動をする。幾ばくかの金は集まるだろうが、一億円には到底及ばないだろう。それでも私は街角に立つ。支援者も出てくるかもしれない。さらには地元メディアのニュースにもなるだろう。テレビニュースとはいかないまでも、新聞の地方版ぐらいには掲載されるに違いない。そうなればもうこっちのものだ。献身的な母親として私は広く知られる。それに父親であるあの男の目にも触れる。男の不安はさらに募ることだろう。一石二鳥だと私は思った。

母に捨てられ恋人に逃げられ、いや恋人を追い込んで家族さえも信じられない女が、誰よりも模範的な母親になるのだ。こんな快感はない。痛快だ。私は社会さえも愚弄《ぐろう》してやれる。

多分、私を捨てた母もどこかでこの話題を聞きつけるだろう。子供のために必死になっている私を見て母はどう思うだろう。普通の人間なら自分のしたことに胸が締めつけられるだろう。いたたまれないはずだ。この子の父親同様悔やむはずだ。そして何よりも世間は私に同情する。

病室に戻り、ベッドで寝息を立てる息子に私は言った。

「ボウヤハ　オヤコウコウダネ」

第三章

テレビ番組

――慎一郎五歳

道央自動車道、砂川サービスエリア。ここまで一時間半のドライブだった。

「う〜、さびいねえ。雪でも降りそうですね」

年季の入ったMA-1を着た横峰がやって来た。湯気のあがったタコヤキを両手に、彼は後部座席を覗き込んだ。

「慎一郎君、大丈夫?」

「何が?」

「いや、疲れてない?」

「まだそんなに来てないでしょう」

無愛想に慎一郎は答えた。五歳になった慎一郎は体こそ標準値よりも一回り小さく一〇〇センチもない。言葉を覚えるのは早くこまっしゃくれていた。

「満里恵さん、運転代わりましょうか? 車の走りは充分撮らせてもらいましたから、ここからは運転をADに代わらせますよ。疲れたでしょう」

「大丈夫です。ちゃんと私が運転します」

「まあ、そう言うとは思いましたよ」

上目遣いで娼婦を値踏みするような下品な笑みを横峰は浮かべた。

「じゃあ、カメラマンをこっちに乗せてもらっていいですか？　車内で運転している満里恵さんを撮らせてもらいます」

「それはいいですけど」

「じゃあ今、呼んできます」

後ろに駐車しているワンボックスカーへと横峰は急いだ。横峰は地元テレビ局のディレクターだ。新聞に掲載された小さな記事を見て、五年前、私に連絡をよこした。直接会ったのは電話で話した翌日だった。職場であるバイク販売店の近くのファミリーレストランで待ち合わせた。席に着くなり「コーヒーでいいですね」と早々にオーダーを決められた。Ａ４判の企画書をテーブルに置くなり、私が息子のため、昼夜問わず街頭で募金活動していることに感動したと横峰は息継ぎもなしに話した。一方的な演説は三〇分以上も続き、その間、私は「はあ」と曖昧な相づちを打つのが精一杯だった。

「是非とも密着取材をさせて下さい。小早川さんの母としての行為は素晴らしいと思います。何も息子さんが病気だからということではありません。今の時代、実の母親が実の子を虐待することも珍しくない。ましてや難病のお子様がいらっしゃるとなれば、どこかで心が折れてしまっても同情は出来るような気がします。なのに、小早川さんは現実から目を背けず、気丈に戦っていらっしゃる。そう戦っているんですよ。現代人が失ってしまった心がある。自らを犠牲にしてでも人のために尽くす。あなたは母親だから当たり前だ、と言うでしょう。でもね、その当たり前が当たり前じゃなくなっているのが、今の世の中なんです。だから、今回のドキュメンタリー番組で、小早川さんを通し、人が人としてなくしてしまった気持ち。そうだな、簡単な言葉で言うなら〝思いやり〟でしょうか。まあ、小学校の学級目標のようですけど、それを視聴者に伝えたい。今の時代は、そこからやりなおさなければ駄目なんです」

そう言いきると横峰は一気に冷めたコーヒーを飲み干した。暑苦しい男だと私は思った。一番苦手なタイプだ。人のためと言いつつ、自らの力を顕示したいだけだと思う。テレビという媒体の傲《おご》りとも思える。人のために人に何かを与えようと考える。それ自体、目線が既に高いところにある。まるで自分が選ばれた人間であるかのような言いっぷりだ。言葉は丁寧で謙虚だが、その奥に潜むのは傲り以外の何ものでもないように私は感じた。さらに私の嫌悪感を強めたのは鼻の下のヒゲだった。ワイルドさを表現したいのだろうが、口にしたコーヒーの雫《しずく》がいくつもついていた。いかにも徹夜明けという風貌は清潔感からはかけ離れていた。

だが、こういう疑いを持たない人間こそ使い様がある。上手く導けば、私が描く線に思い通りの色を塗ってくれる。はみ出さずきっかりとペイントしてくれるだろう。実直な母親像を見事に映像化し世間へ送出してくれる。母親に捨てられ、思春期に父親が死に、さらにシングルマザーとなった今、その息子は難病を抱えている。扱い方さえ間違われなければ、二一世紀のヘレン・ケラーになれるかもしれない。私はワクワクした。ただし私はヘレン・ケラーのような立派な人間ではなく破滅的で攪乱《かくらん》する悪魔だ。

テレビばかり見ている思考力の乏しい人種には真実は見えない。悲劇のヒロインとして祭り上げられた私に視聴者は同情するだろう。一人でも多く同情してくれれば私の思惑は成功する。このテレビ番組を利用してやろうと私は思った。

「じゃあ、具体的にプランニングします。絶対に良いものにします」

そう言うと、横峰は右手に伝票を、左手には真新しいモスグリーンのMA-1を持ちレジへと急いだ。結局、目の前のコーヒーに私は口をつけることはなかったし、飲みたいとも思わなかった。

翌日、朝早くに横峰からファックスが届いた。通信欄には「徹夜しちゃいました（笑）」と書き添えられていたが、私は笑えなかった。二〇枚にも及ぶファックスには今後の撮影日程や段取りがぎっしりと書き込まれていた。正直なところ、

「やっかいだな」

と思ったが、私の描く絵でもあるのだから我慢することにした。細部にわたり目を通し、私は、渡された名刺に書かれたメールアドレスに携帯から『分かりました』と送信した。ものの一分としないうちに、

『ありがとうございます。テレビマン生命を懸けて全力で取り組ませてもらいます』

と返信が来た。私は〝テレビマン生命〟と打たれた文字に彼のくだらないプライドを感じた。前のめりな企画書は〝視聴者に共感を与える〟という建前が掲げられていたが、私たち親子をマスメディアの食い物にして視聴率を得ることとしか想定されていなかった。そもそも〝共感を与える〟この〝与える〟という表現こそ高飛車な考えの表れなのだと思った。〝得てもらう〟ならまだしも〝与える〟のだ。こう考える男が人々を感動などさせられるはずもないと思った。私の描く、私であるべき物語に安っ

ぽい感動などは必要ない。ただ、海外での手術が必要な子供を持つ母親が必死に息子を救おうとしている。それだけが伝われば、感動とは比べ物にならないぐらいの同情が生まれ世間が揺れるはずだ。

一週間後、ビデオカメラやガンマイクを持った一団が慎一郎のいる病院に現れた。病院に許諾を得てはいたものの、彼らは我が物顔で院内を徘徊《はいかい》した。横峰らは革命でも起こすかのような勢いでカメラを回した。

「自然のままに」

と横峰は何度も口にしたが、何人もの男たちが私と慎一郎を監視し記録する。普通に出来るはずもない。初日からナースステーションには入院患者からの苦情が寄せられた。次の日からは小さなミニDVのビデオカメラを携えた横峰が、一人で病室の前に立っていた。

「昨日はちょっと気合を入れすぎてしまって」

軽く頭を下げた。

「病院ですからね」

そう言うと横峰は笑った。左上がりになる上唇が下品だ。それからは横峰が一人で私たち親子に密着した。ローカルでの企画であったから、当初は夕方の情報番組でのミニコーナーで紹介されるに過ぎなかった。

朝から晩まで四六時中、横峰はカメラを回した。取材は大雑把で適当だと思われたが、出来上がったVTRは細かく整然と編集されていた。放送では、雨が降る中、路上で寄付金を募る私がまずは映し出された。ナレーションで私が紹介される。職場での様子。病院での様子。ものの三分もあるかないかのVTRだったが、テンポも良く展開もスムーズで見やすい。ポイントもしっかりと押さえられ、いわゆるお涙頂戴モノに仕上がっていた。浪花節的構成で作られた映像には、放送終了後すぐに反響があった。テレビ局には募金に協力したい人々からの問い合わせが殺到したそうだ。想像以上にテレビの力は凄《すご》かった。ものの二、三分で視聴者の同情を得ることに成功したのだった。

一ヶ月も経たないうちに横峰が興奮してやって来た。

「一時間の特番枠を貰えました。いや、これは異例なんですよ。番組ってのは春と秋に改編があって、もうほとんどその時期に決まって、途中でこんな番組をやりたいって提案しても門前払いされてしまう。でも、今回は編成局から言ってきたんです。特番枠をやるって。これって凄いんです」

息つく間もなく横峰は話す。

「はあ」

わざと素っ気ない返事を私はした。こっちが乗り気な態度を見せてしまうと本当の心内を見透かされてしまうのかもしれない。それに気乗りしない態度を見せるとかえって燃えてくるのがこういう強引な男には多い。

「番組の中ではね、募金もやろうと思うんです。銀行口座番号を常に画面に表示するんです。ああ、そればっかりになっちゃうといやらしいですから、適度にです。適度に。それと募金ダイヤルも開設しようかと思うんです。指定ダイヤルに電話をかけると課金され、それが募金になるやつです。地震の時とかやっているでしょう？　あれです、あれ。これは単にお金を集めるということではないんです。番組を見た人が何かをしたいと思う。その受け皿として、募金ダイヤルを用意する。電話をした人は、もうただの視聴者ではない。自分も支援者、協力者の一人だという自覚が芽生えるんです。となれば、もうこっちのもの。あ、いやいや、小早川さん親子のことは他人事《ひとごと》ではなくなるんです。これはテレビ番組という枠を超えた社会現象になる可能性もあるということです。ただの垂れ流しではない実のある番組が作れるんです」

「はあ」

「僕は、テレビマンとして命を懸けます」

と横峰は下品に笑った。

「そんな簡単に命を懸けるなんて言わないで下さい」

「え？」

「命って、そんなに軽いものじゃないですから」

「あ、……すいません」

それが横峰との本格的な付き合いの始まりだった。毎年一二月、一時間の特別番組が放送された。

『頑張れシンちゃん。君の鼓動は鳴り止まない！』

と題された番組は、今年で五回目を迎える。初年度は一〇〇〇万円の募金があった。視聴率も一〇パーセントと土曜日の昼間にしては上々だった。ただ、世間が注目したのも最初だけだった。翌年には視聴率も一桁台に落ち込んだ。手術の日取りが決まったわけでもなく番組は終始、ベッドの上の男児と看病する母親だけを映し出した単調なものだった。募金額も四〇〇万円と一気に下がった。世間の興味はたった一年で失せてしまった。それでも番組は続いた。横峰の口癖は〝社会現象〟から〝社会的意義〟へと変わった。三年目の放送からは募金告知は番組終わりに申し訳程度に流れるだけになった。内容もどこでも見る珍しくもないドキュメンタリー番組になってしまった。そしてこの五回目で最終回を迎える。手術の日程も決まらず、慎一郎が今後どうなるのかも分からないのに、番組は終焉《しゅうえん》を迎えることになった。

「今回は画期的ですよ。インターネットからも入金出来るようにします。ネット販売のクレジット決済のシステムを導入します。沢山の反応があると思いますよ。最後ぐらい一花咲かせたいじゃないですか」

「はあ」

「で、三浦先生にも訊いたところ、慎一郎君ももうすぐ六歳になり、渡航して具体的な手術の準備も始められるらしいじゃないですか」

「いえ、まだ何も決まっていません」

「でも三浦先生は、小早川さんが手術の準備を進めたいと言ったって」

医師の三浦は実直を絵に描いたような男だった。カルテに記入する文字も一語一語確かめるようにブロック体で記入していた。服装もしっかりとしていて下ろしたてのワイシャツにしっかりと水玉のネクタイを締めていた。だが、そのきちっとした様相とは裏腹に、彼の目尻は垂れ、鼻は申し訳程度の高さしかなかった。髪の毛にはお洒落と思いウェーブのパーマをかけたのだろうが、それはどこかお笑いコンビのボケ担当のようだった。

「それは、具体的な話じゃなくて、慎一郎の今の調子や費用の話を改めてさせてもらったんです。第一、費用の目処《めど》もたっていませんから」

「それなら、今回の番組で一気に集めましょう」

「手術は別の話です。テレビのペースに巻き込まないで下さい！」

自分でも驚くぐらいの大きな声だった。露骨に横峰は嫌な顔をした。

「まあ、今回で最後です。ですから大きな打ち上げ花火を上げたいんです」

「それは社会的意義なんですか？」

と意地悪に訊ねた。

「もちろん。それと、テレビマンの意地です」

三浦医師には口止めをしておいた。テレビ局は何でもかんでもネタにしたがる。さらにはテレビの都合で物事を進めようとする。でも手術だけは、子供の体調やアメリカとのやり取りなどいろいろと考えなければならないことが多い。万全の準備を整えて進めたい。私は悪魔かもしれないが死神ではない。息子の死を望んではいない。手術をして生きてほしい。慎一郎は私を守り、私の復讐を遂行するための十字架なのだ。

「いよいよ〝クライマックス近し〟というのが今回の番組のテーマなんです。そこで相談なんですけど、渡航する前に慎一郎君の今と未来というか、もっと内面を探る番組内容にしたいんですよ」

「といいますと？」

「今までは、慎一郎君の成長とお母さんの苦悩、そして国内での心臓移植が認められていない日本の社会を抉《えぐ》ってきましたが……」

〝抉る〟という言葉が鼻についた。私の頭の中ではたかだかテレビ番組としか思えないのだが、横峰はテレビマンのプライドから全身全霊を込め〝抉る〟と言った。たった六〇分で社会を抉れるはずもないのに。

「そういう大きなテーマじゃなく、一少年の夢をファンタジックに描きたいんです。

単純に慎一郎君の描いている将来への夢みたいなものを映像にしてみたいと」

「慎一郎の夢、ですか？」

「そうです。慎一郎君の夢って何ですか？」

「…………」

私は答えられなかった。というより、そんなことを訊いたこともないし、考えてみたこともなかった。

「知らないんですか？」

「……そんな余裕はなかったですから」

「そうですね」

横峰の視線が少し軽蔑味を帯びていると感じたのは、私の卑屈な考えからなのか。慎一郎が自分の未来に何を求めているのか。普通の母親なら何度も聞き返すのだろう。幼稚園にでも行っていれば、クレヨンで〝夢〟を描いていただろう。だが、病室のベッドにしか居場所を見出《みいだ》せない子供に、果たして夢はあるのだろうか？ そんなことすら私は考えたことがなかった。自覚はしていたが私は母親失格と改めて思った。でも、それでいい。私は母親の姿をしているだけなのだから。

第四章

入院病棟

私は決まって、午後五時三〇分に四〇五号と書かれた病室に入る。仕事を午後五時きっかりに終え、会社を五時〇五分に出た。終業時間前に帰社する私を初めは良く言わない同僚もいた。でもテレビ放送されてからは裏返したようにみな私を笑顔で見送る。最寄りの地下鉄東札幌駅までは徒歩で八分。改札を抜けホームで待つこと二分。五時一五分、札幌市営地下鉄東西線、琴似行きの地下鉄車両に乗り五つ目の西18丁目駅で降りる。そこから病院までは徒歩で六分。玄関から受付待合室を抜け二基並ぶエレベーターのどちらかに乗り込み四階で降りる。長い廊下の奥から三番目に慎一郎の病室がある。この行程が私の日課になってもう随分と時が経つ。

六床ある一番奥、左の窓際が慎一郎のベッドだった。窓際というのは入院歴の長い者の指定席だった。慎一郎は決まってポータブルゲームをやっている。彼は一日中ベッドの上でゲームをしていた。

「またゲーム？」

それが挨拶代わりになっていた。サイドテーブルにはお絵描き帳や幼児用英語ドリルが折り目もなく真新しいまま置かれていた。返事もせず慎一郎は小さな液晶画面に見入っている。返事がないことに腹立たしいとも思わない。いつものことなのだから。

「ダメでしょう」

と形式的な言葉をかけるが、どうでもよかった。私は体裁だけで母親を演じていた。今は、その声掛けすら面倒になっていたが役目は果たさなければならない。

ベッドの脇に置かれた椅子に私は座った。床に置かれたカゴに洗濯した下着と汚れた下着を入れ替える。息子は私の存在など気にすることなくゲーム機の十字キーをこまめに動かしている。プラスチックがカチカチと触れ合う安っぽい音が耳につく。

「いつまでゲームしてるの」

語調を強めて言うが、それもお決まりの言い方だった。動じることもなく慎一郎は両手の親指を動かし続ける。かく言う私も言葉を荒らげてはみたものの、気持ちはいたって平静だ。

「もうご飯だから止めなさい」

と言う私の言葉には何の感情も含まれていないのは重々承知している。ベルトコンベヤーに流されてくる物を同じように作業しやり過ごすようなものだ。そんな日常がもう何年も続いている。携帯ゲーム機の小さなスピーカーから重低音が鳴り響いた。スター・ウォーズのダース・ベイダー登場曲に似ている。ゲームオーバーの音楽だった。

「ああ、死んだ」

　沈んだ慎一郎の声が聞こえた。画面から目を離し、チラリと慎一郎は私を見た。奥二重の大きな眼、奇麗な稜線を描いた鼻筋と厚みのある唇。そしてなにより張った頬骨までもがそっくり母親から受け継がれていた。お腹にいた一〇ヶ月の間に、満里恵の潜在的遺伝子が父親の遺伝子を拒絶し抹殺したのかもしれない。相手の男の面影がないのはよかったが、自分に似ているということは、私の母にもそっくりということだった。鏡でしか感じることのなかった忌まわしい母の面影が、この子と過ごす間中、汚物に群がる銀蠅《ぎんばえ》のようにまとわりついた。

外の廊下で配膳ワゴンが移動するゴロゴロという音がした。午後五時四五分、夕食が運ばれてきた。

「はい、慎一郎君」

今夜の配膳は〝ブッチーさん〟と呼ばれる中年女性だった。なぜ〝ブッチー〟なのかは知らない。皆がそう呼び、本名を知っている入院患者はほとんどいなかった。

大きなマスクで顔を覆い目しか露出していない。その目も瞳はほとんど見えないほど細く、垂れた目尻にいくつもの皺が寄っていた。まるまるとふくよかな体つきは親しみやすさを感じさせるが、太っているから良い人とは限らない。こういう女ほど裏では悪口を言ったりするものだ。この女のほとばしる優しさが私には偽善的に思えて仕方がない。ヒーローショーで悪漢と戦う正義の味方の背中にファスナーがあるように、どこかに化けの皮を剝《は》がすチャックがあるのではないかと、私はマジマジと女を見た。

「あんただって私と同じなんでしょう」

そう問い質《ただ》したい衝動を抑えた。人のために尽くすなんてのは建前だけで、みんな自分のことしか考えていない。少なくとも私はそうだし、私に係ってきた人間の多くもそうだった。この女だってそうに違いない。

プラスチックのトレー、プラスチックの容器、プラスチックのスプーンとフォーク。機械的に並べられた夕飯が運び込まれてきた。春雨サラダにタクアン。なめこのみそ汁にヒジキの和え物。メインディッシュは一口ハンバーグ。空間を埋めるためにこんにゃくゼリーがデザートとして添えられていた。慎一郎は大きく溜め息をつくとフォークに手を伸ばした。均一なリズムで食べる。食事をとることが義務であるかのように、慎一郎は作業として口に食べ物を運んだ。

ものの数分で食事を終える。

「ごちそうさまは？」

「別に、ごちそうじゃないじゃん」

「減らず口たたいて」

微笑《ほほえ》んでみせたが、多分、私の目は笑っていなかっただろう。病気だから仕方がないのかもしれないが、慎一郎はよく天《あま》の邪鬼《じゃく》な態度をとる。私の子供だからそれも仕方ないと思うが、可愛気がない。

空になったプラスチックの容器を廊下に置かれたワゴンに運ぶ。時間は午後六時〇五分。いつも決まっていた。誤差があっても一分程度だ。夕食を終えた慎一郎はベッドに潜り込む。眠りに就くわけではない。布団を頭から被り、ゲームの続きをするのだった。

「毎日、ご苦労様です」

背後から声をかけてきたのは、二ヶ月前からこの病室の担当になった赤塚という看護師だ。看護学校をこの春に卒業し、まだ半年しか経っていない。ゴムを割るとプルンと出てくるまりもようかんのような艶《つや》やかな肌が眩しい。笑うと愛くるしいエクボが出来る。大きな瞳は澄んでいて、汚れた社会をまだ見てはいないのだろう。デビューしたてのアイドルが放つ深みのない美貌を彼女は持っていた。

明るく感じのいい娘だが、私は彼女が担当になってすぐ「もたないな」と思った。今までも何人もの若い看護師が辞めていった。仕事と割りきっても看護は激務だ。それが遊びたい盛りの若い娘にそうそう勤まるものではない。黒く艶やかな髪も枝毛が増えパサパサになり、つるんとしたゆで卵のような肌もいずれは吹き出物でブツブツになってしまうだろう。その時には初めて現実の厳しさを知ることになる。そして病で苦しむ他人よりも自分の肌を気にすることになる。赤塚がそうなるのも時間の問題だと思った。

「慎一郎君、ご飯は全部食べたかな？」

「…………」

布団に潜ったまま慎一郎は返事もしない。

「はい、ちゃんといただきました」

空虚な間を私が埋める。赤塚はアルミのトレーに載せられた錠剤と粉薬を布団の山へ差し出した。

「お薬ですよ」

言われなくとも分かる。毎日、朝昼晩と繰り返される儀式だ。それをあえて言葉にするところに、看護師としての短い寿命を私はさらに感じた。この勘は外れたためしがない。

布団から手を伸ばし慎一郎は何も言わず、サイドテーブルからペットボトルを摑《つか》んだ。薬を飲む前からレモンを齧ったように眉間《みけん》に皺を寄せている。この薬を口にしたことはないが、相当な苦みが窺えた。

「薬を飲んで、しっかり治しましょうね。お薬は慎一郎君の代わりに病気と戦ってくれる正義の味方なんだからね」

善かれと思って言ったのだろうが、安っぽい上に善意が露骨に見える。私はそんな赤塚に愛想笑いを送った。しかし胸の内では今後彼女に降りかかる挫折を思い哀れんでいた。

午後六時三〇分。ナースステーションに出向き病状のことを訊く。さして目新しい情報が得られるわけではないが、毎晩息子の容態を訊くのは献身的な母親の役目だ。

「熱も平熱でしたし、脈拍にも異常は見られません。大丈夫ですよ」

必要以外は口にしないという素振りで看護師長が言った。手を止めはしない。何に使うかは分からない器具を出しては入れ、また出しては入れている。

「私は忙しいのよ」

という空気を目一杯に出していた。私はこの看護師長が好きだ。四〇代半ばであろうが髪は白髪が混じりまだらだった。「美容室なんぞに行ってられるかい」という気概が感じられる。化粧気のない顔は染みが日に日に浸食し、やせ細った体が彼女に与える負荷を想像させる。さらに好感が持てるのは絶対に媚《こび》を売らないことだ。厳しい看護の世界で甘ったれたやり取りは意味がない。彼女の笑う姿を私は一度も見たことがない。大きな病院だ。患者の死を今まで何度も体験してきただろう。だが彼女は涙を見せなかったと私は思う。注射を打つことも死別も彼女にとっては大差ないはずだ。建前は必要ない。現実は現実と割りきった強い意志が彼女にはある。

半袖の白衣から出た細い腕に青い血管が隆起している。不規則な生活かつストレスがそうさせているに違いない。負荷が掛かってこそ人間なのだ。その重圧に耐えている看護師長は美しいと、私は思った。

ナースステーションを後にして、小児病棟とは反対側にある外科病棟の廊下をゆっくりと歩く。わざとゆっくり歩くのだ。顔なじみの入院患者と決まって顔を合わせる。

「こんばんは」

私は笑顔で声をかける。

「あら、こんばんは。いつも大変ですね」

「いいえ、夜しか来てやれなくて」

いつも通りの展開。「夜しか来てやれない」というフレーズを受けて相手は決まってこう言い返してくる。

「仕事をしているんだから仕方ないわよ」

「いえいえ」

軽く頭を下げ、慎一郎の病室へと私は急ぐ。これでいいのだ。入院したての患者に私が〝仕事をしている〟ことを印象づけられればそれでいい。入院患者は暇だ。暇な時間を埋めるのに噂話は欠かせない。事情を知らない新しい入院患者は決まって言うに違いない。

「何も働かなくても、まだ子供は小さいのだから看病に専念してあげればいいじゃない」

そこで事情を知る者が言う。

「シングルマザーなのよ。だから働きながら病気の子供を育てているの」

さらにテレビを見た者は、

「小さい時に母親に捨てられ、その後早々に父親は海難事故で亡くなったそうよ」

それを聞けば大抵の人間は、私に同情し、私を献身的な母親と思う。現に一度も話したことのない入院患者に、

「大変ですねえ」

と声をかけられたことがある。私の想像した通りになっている。この廊下での短いやり取りで、私のイメージは〝正〟として解釈され病院内に広がり保証される。この廊下での何気ないやり取りこそ、私にとっての生命線なのだ。

「じゃあ、ママ帰るからね」

「……うん」

午後八時。面会時間が終わる。慎一郎の下着を袋に詰める。

「おやすみ」

「……おやすみ」

いつまで経っても慎一郎は携帯ゲームから目を外そうとしなかった。私もそれ以上は言葉をかけない。潜水していた水の中から浮き上がるように病室を後にする。ナースステーションの前、一瞬だけ立ち止まり頭を下げる。もちろん、笑みも忘れはしない。

帰りはエレベーターを利用しない。いつも階段を駆け下りる。体全体の力を抜き重力に引っ張られるかのように下へ下へと進む。徐々に加速していく。その解放感がたまらなく心地好い。身についた見えないしがらみが、階段一段一段を踏みしめる時に起きる衝撃で剝がれ落ちるように感じた。

そのままの勢いで病院を抜け出す。街灯に星をかき消された夜空を見上げ、私は大きく息をついた。視線を下ろすと影が伸びていた。その影には大きな羽があり、頭からは触角のようなものが伸びている。私は思わず、

「悪魔だ」

と呟《つぶや》いた。だが、それを悔いてはいない。私が望んだわけではない。この世界が私

を悪魔にしたのだ。

「ワルイノハ　ワタシ　ジャナイ」

第五章

慎一郎の夢

「ねっ？　言ってるでしょう」

「……ええ」

「もう一度」

そう言うと横峰は〝再生ボタン〟を押した。小さな液晶画面の中に、真っ白な誕生ケーキが映し出された。シャイな笑みを浮かべた慎一郎が息を吹きかけた。四本のうちの三本の火が消えた。リスのように頬を膨らませもう一度息を吹きかけた。残りの一本の火も消えた。パラパラと拍手がスピーカーから聞こえた。慎一郎の後ろに数名の看護師がいる。それに交じって私の姿も確認出来た。

「慎一郎君、おめでとう」

横峰の声がした。慎一郎はカメラを見た。カメラを回していたのは横峰だ。

「今、一番したいことは何？」

「別に」

「別にってことはないだろう」

「ないよ」

「何かあるだろう。ちょっとでも思っていることを言ってごらんよ」

「……冒険の旅、みたいな感じ」

「冒険の旅？」

慎一郎は携帯ゲーム機をカメラに差し向けた。

「何？」

画面の中で私はケーキを持ってフレームアウトしていった。小分けするために病室を出て行ったのだろう。この時のことを私はあまり覚えていない。他人事のように画面を見つめた。

「魔物を倒すんだよ」

「魔物？」

「だから、このゲームみたいに僕が悪い魔物を倒すのさ」

「ああ」

横峰が理解していないことが声からだけでも充分に分かった。

「まあ、無理だけどね」

慎一郎は終電を逃したサラリーマンのような大人びた苦笑を浮かべた。無理というのが、あくまでもゲームという虚構の世界で非現実であるという意味なのか、自分は病気でこの病室から出られないという意味なのか、どちらかは分からなかった。

　停止ボタンが押されると画面は青くなり止まった。

「今までのVTRを全部見返してみたんです。それで見つけました。一年前、聞いていたんですよ。当時はピンと来なかったから、ロウソクを吹き消すシーンしか番組では使わなかったんですけどね」

「あのう、これがどうかしたんですか？」

「ですから、言っていたじゃないですか。慎一郎君の夢です」

「ゲームの話？」

「はい」

「あれは、あくまでもゲームの世界の話でしょう？　現実味がない話です」

「良いプランがあるんです」

　上唇を吊り上げた下品な笑みに自信が見られた。

「慎一郎君がやっているゲームを知っていますか？」

「何か……悪者を倒すゲームでしょう」

「詳しくは？」

私は一瞬躊躇した。

「……知りません」

初めて会ったファミレスで見た時と同じように両手を上下左右に大きく動かしながら横峰は話し始めた。

「大まかに説明しますと、主人公は少年で、その少年が仲間と出会い、世の人々を苦しめている魔物を退治するという話です。ただ当初、主人公は武器も持たず、体力や戦闘能力も低いんです。多くの経験を積んで成長し生命力を高めて最終決戦へ挑むというものです。経験値が低いのに魔物のボスと戦うと簡単にゲームオーバーになってしまいます」

「ああ」

慎一郎がよく口にする「ああ、また死んだ」という台詞《せりふ》を思い出した。

「基本ストーリーは桃太郎だと思って下さい」

「桃太郎？」

「そうです。川から流れてきた子供が成長し、猿、犬、キジの仲間を引き連れて人々を苦しめる鬼退治に行く。おばあさんから渡されたキビ団子はポーションの原型ですね」

「ポーションて何ですか？」

「魔法薬です。体力や攻撃力が回復する薬です」

「でも、あくまでもゲームですよね」

「話はここからです。その虚構の物語を実際に作り上げ、慎一郎君に体験してもらうんです」

「どうやって？」

「知人に遊園地の役員がいまして、その人に相談したんです。そこでその遊園地をいわば鬼ヶ島に見立てて、冒険をする。詳しくはここに書いてきました」

見慣れた形式の分厚い番組企画書が差し出された。

「いろんなアトラクションを利用して演出します。局の総力を挙げて感動的な物語に仕上げますよ。今までベッドの上での映像がほとんどだった慎一郎君が一生懸命になっている姿は視聴者の心を打ちますよ。ハンデを負って生まれてきたのにもかかわらず、健気《けなげ》に生きようとする姿が撮れます。地元の劇団とかに協力してもらって魔物やその子分を大勢用意しますし、このために予算をかけてオドロオドロしい魔物の着ぐるみを作ります」

「茶番に見えませんか」

横峰は観客を前にしたマジシャンのような余裕を浮かべて言った。

「昔ね、キー局でもこういうのはあったんです。子供の勇気を推し量る企画として怪物を前に、ああ、もちろん怪物って着ぐるみですけどね。それを前にして子供たちをヒーローに仕立てる。その気にさせるわけです。それはバラエティだったんですけど、こっちはドキュメンタリーです。そりゃあ大人が見れば、体《てい》のいいぬいぐるみショーみたいに思えるかもしれませんが、こっちには心臓病を抱えた慎一郎君の夢を叶《かな》えるというしっかりとした目的があります。問題ありません」

「でも、慎一郎への負担が大きくないですか。私は心配です」

「病院側の協力も取り付けました。万全な態勢で臨みます」

「三浦先生がＯＫしたんですか？」

「いえ、理事長に相談しました。三浦先生には理事長から話をしてもらうことになっています」

「いいですね」

「いいって？」

「最終回は、この企画で進めていきます。正直、ここ暫くは慎一郎君への興味を世間は持たなくなっていた。今回放送しても『ああ、いたなこの子』程度にしか思われないでしょう。今までの内容では番組内で募金を呼びかけても、僅《わず》かばかりしか見込めないのが実情です。でも、新しい企画で進めれば、再び世間は慎一郎君に注目すると思うんです。冷めた思いが再び熱くなる。そうなると思います。実際に協力をお願いした遊園地の役員も最初は面倒な顔をしていたんですが、最後には前のめりで僕に握手を求めてきたんですよ」

自信ありげに横峰が笑えば笑うほど、私には彼の下心が見えた。彼の笑みは賞味期限の切れた果汁ジュースのように、いつも得体の知れないモノが沈殿している。この企画だって〝善意〟を纏《まと》ってはいるが、その奥にはそれぞれいろいろな思惑が潜んでいるはずだ。

遊園地だって病院だって、これが放送されればイメージアップに繋《つな》がる。テレビ局だってそうだろう。ましてや横峰だってそうなのだ。どこか信用出来ない。いつも熱意をかざすが、私はあの下品な笑い方が気になる。五年前、番組は当たり、慎一郎はもちろん私も時の人として、暫くは扱われた。その番組を作った横峰は局から高く評価され、報道制作部の副部長に昇格した。必要もないのに真新しい名刺を渡された覚えがある。〝美味しい目〟にあったのだ。今、彼はまだ副部長のままだ。この企画が当たれば部長昇格が待っているのかもしれない。この企画こそ部長になるためのハードルなのだろう。

もっと言えば、視聴者だってそうかもしれない。画面に映る慎一郎を見て涙を流す。それは〝感動〟という美意識に囲われているが所詮、同情に過ぎない。私たち親子の不幸と苦悩を、自分のことのように思い哀れむことで、自分の生活を豊かにしようとしているに過ぎない。

「あんな子も頑張ってるんだから、自分も頑張るぞ」

と思うための精力剤みたいなものだ。見ず知らずの人にとって慎一郎は〝あんな子〟なのだ。所詮他人事なのだから。

まあ、そもそも私自身、誰も責めることなど出来ないのだが。

「バーチャルリアリティの逆ですね。コンピューターによって作られた仮想世界で体感したものを、現実に生身の人間が体験するんです。血が通った番組になりますよ」

人を見下したような下品な笑いがよりいっそう強調された。どっちみちこれで最後の放送になる。船はとうの昔に出港している。今更帰港を望んでも意味はない。

でも、何だかいつもと違う。自分でもよく分からない感覚が心の奥底で疼《うず》いた。私の子供が〝あんな子〟と思われる。

〝あんな子〟

「アンナ　コ」

それは同時に、

「アンナ　オヤ」

だ。

横峰に、「分かりました」とだけ私は言った。

第六章

手紙

こばやかわしんいちろう君へ

はじめまして、テレビを見て、しんいちろう君のことを知りました。

病気とたたかうのは、たいへんでしょうけど負けないでください。

わたしは、しんいちろう君より二つ上の小学二年生です。

いつもゲームをしてますね。ちらっと見えましたけど、あのゲームは『デーモンクエスト』ですよね。

まかいからやってきた悪まをやっつけるゲーム。わたしもやってるのですぐにわかりました。

あのゲームをしていたらわかると思うんですけど、わたしの友だちがまかいにさらわれたんです。このまえ、遠足でゆうえんちに行きました。そのときに、ゆうかちゃんという友だちがいなくなったんです。だれも知らないって言うけど帰りのバスにゆうかちゃんは乗っていませんでした。

わたしは見たんです。ゆうかちゃんが黒いふくの人につれて行かれたんです。

先生に言っても信じてもらえません。先生はゆうかちゃんがと中でぐあいが悪くなって先に帰ったと言いましたがウソです。なかよしのわたしにだまって帰るはずはありません。

わたしは思いました。

あのゆうえんちにはまかいへの入り口があって、そこへゆうかちゃんはつれて行かれたんじゃないかと思います。

しんいちろう君はどう思いますか?

大人はだれもしんじてくれません。しんいちろう君ならしんじてくれますよね。それとこのことはだれにも言わないでください。

また、手紙書きます。

木下かえで

こばやかわしんいちろう君へ

病気のぐあいはどうですか？

このまえの話のつづきです。ゆうえんちでいなくなったゆうかちゃんは、あのあと、いちども学校へこないまま転校してしまいました。ゆうえんちでいなくなったあと、一度もすがたを見せず学校から消えたんです。

先生は急なことですと言いましたが、へんです。なかよしのわたしになにも言わないで転校するのはへんです。急だとしても手紙ぐらいは書けると思います。


わたしはふしぎで、また、あのゆうえんちに行きました。日よう日にお父さん、お母さん、お姉ちゃんと行きました。

そしたら黒いふくの人たちがいました。その人たちはステージでかいじゅうショーをしていた人です。その人たちがゆうかちゃんをつれて行ったんです。もっとしらべたかったけど、こわくてやめました。

しんいちろう君だったらどうしますか？

木下かえで

きのしたかえでさんへ

こんにちは。

おてがみありがとうございました。へんじをかこうと、おもったけどおそくなりました。

おともだちがしんぱいです。

悪のけしん、デーモンフェンリルは、勇者のゆみがあればやっつけれます。

まだ、ぼくもみつけてません。

ゆみがあればたおせます。

でも、まだありません。

がんばってゆみをみつけます。

しんいちろう

しんいちろう君へ

おへんじありがとうございます。
手紙がくるとは思わなかったので、もらった時にはびっくりしました。
やっぱり、しんいちろう君もあやしいと思いますよね。
ぜったいに、まかいへつれて行かれたんだと思います。
このままじゃ、またたれかがつれて行かれるかもしれません。
しんいちろう君、はやく元気になってまものをやっつけてください。
大人に言ってもだれもしんじてくれないです。
だから、このことは二人のひみつです。

木下かえで

きのしたかえでさんへ

ひみつです。

悪のけしん、デーモンフェンリルはつよいです。

でも、ぼくは平和のためにデーモンフェンリルをやっつける。

はやくげんきになって、ゆうえんちにいきたいです。

ともだちをたすけます。

しんいちろう

――――――


「計画通りです」

私はうつむいていたが、横峰の下品に笑う顔が脳裏に浮かんだ。音で表せば「ヒッヒッ」となるであろう横峰の息づかいが嫌でも肌に伝わる。

「返事が来た時は、思わずガッツポーズをしてしまいましたよ」

「……やりすぎじゃないですか」

「やりすぎ？」

横峰の声が反響した。誰もいない夜の待合室。必要最小限に明かりは落とされ、昼間には気にも留めない非常口の緑色の誘導灯がやけに眩しい。四列に並んだ横長のベンチには座る者もなく、どこか不気味に感じられた。

「存在もしない女の子をでっちあげるのはどうなんですか？」

「でっちあげるって」

「でもそうでしょう」

「いやいや、多少の演出は必要です」

「演出って、これってやらせでしょう」

閑散とした空間に私の声が響いた。ドキリとした。自分の声が口を出たものよりも大きな力を帯び耳に跳ね返ってきた。

「人聞き悪いなあ、多少は仕掛けないと展開出来ないじゃないですか。テレビを見た少女が病院に手紙を送る。そこに書かれていたのは、慎一郎君が唯一興味を抱いているゲームに酷似した世界。そこで慎一郎君は自分が勇者になることを決意し、遊園地へと向かう。そこに待つのは、その少女。ある意味、『禁じられた遊び』ですよ。健気な二人の行為に視聴者は釘付けです」

「少女って、いないでしょう？　この手紙だってあなたが書いたんでしょう」

「はい、そうです。少女は子役にやってもらいます。今の子役は、その辺の女優より女優ですからね。泣けって言えばすぐに泣く」

「だから、それがやらせでしょう」

横峰は鼻で笑った。彼は私を見下している。〝素人〟という二文字を御札にし、私の言葉を聞き入れようとはしない。

「問題ないです」

「慎一郎を騙すんですよね」

「騙すって。そんなこと言ったら企画自体成立しませんよ。そもそも魔界なんて存在しないですし、この冒険の旅自体が架空のことなんですから。ファンタジーですよ」

「意味が違いますよ。冒険の旅は想像世界ですけど、女の子の存在は嘘です。手紙もでまかせ。想像と嘘は別です」

相変わらず口元はニヤニヤしたまま横峰は言った。

「まあまあ、番組になれば上手く溶け込みますって。手紙での細かいやり取りは端折《はしょ》りますし、誘拐話も子供たちの間にある都市伝説として扱うつもりです。ヒーローショーの一部が現実と思い込んでしまった子供とでもすれば成立しますよ。そうなれば視聴者は慎一郎君同様、木下かえでにも共感するでしょう。幼い少女の気持ちに疑いを持つ人なんていません。ましてや少女の存在自体疑うことはないでしょう。少女は東京から来てもらいますし問題ないです」

「これってドキュメンタリーでしょう」

「らしくないなあ」

「らしくない？」

横峰が何を言いたいのか分からなかった。ベンチの隣に座る横峰を見た。

「割り切りましょうよ。このまま普通にベッドの上の慎一郎君を撮り続けても視聴率は稼げない。ということは募金も期待出来ないわけです。小早川さんだってそれじゃあ困るでしょう。今回で最後なんですから。手術を受けさせてやれませんよ。それでいいんですか」

「…………」

「夢なんて幻想なんです。現実は厳しい。それを一番知っているのはあなたじゃないですか。僕は慎一郎君をこの五年間追って来ましたけど、それは同時にあなたも五年間見続けて来たということなんです。あなたがどういう人か少しは分かっているつもりです。というか僕も五年間見られたわけですから、僕がどういう人間かも分かっているでしょう」

　ニタニタと笑う横峰こそ慎一郎が戦っている魔物ではないかと思われた。と同時に横峰には私が魔物のように見えていたのかもしれない。

「そりゃあ僕も多少は心が痛みます。でも大元は慎一郎君の命を救うためなんです。理解して下さい」

「欠片も思っていないでしょう」

　と言いかけたが止めた。この男にとって私たち親子は単なる被写体に過ぎないのだ。横峰は立ち上がった。私は明かりの消えた待合室で、小さくなる足音だけを黙って聞いていた。


　慎一郎を応援する手紙は今でもたまに送られて来ていた。テレビ番組が最初に放送された時は、百通以上も来たし千羽鶴も送られて来た。でも当時はまだ二歳だったので自分で読むことは出来なかったから、私が読んで聞かせた。童話を読み聞かせるように私は何通もの手紙を読んだ。慎一郎にとって手紙は、外の世界とを繋いでくれるものだった。一方的な思いが綴《つづ》られてはいるが、そこには様々な人々の感情が込められていた。どの手紙も締めは決まって「頑張って下さい」だった。慎一郎がどう受け取っていたかは分からない。ただ私は高級分譲マンションの広告チラシを見るように、どこか自分とは関係のないものと切り離して捉えていた。所詮は哀れみでしかない。第一、何をどう頑張れば慎一郎の病気が治るのか？　唯一の方法は手術だ。頑張って努力しても手術は受けられない。お金だ。お金がなければ無理な話なのだ。人の心だけでは何も変わりはしない。そのことを一番知っているのは……私だ。

　月日の経過は世間から慎一郎を消していく。それに比例して手紙の量も次第に減っていった。年に一度、番組が放送された直後は二、三〇通送られて来たが、それっきりだった。ただ何人かは継続して応援してくれる人もいる。

　中でも、しずえさんという初老の女性は毎月、短い手紙とともに便箋の間に千円札を忍ばせてきた。清掃のパートで生計を立てているというその人は、いたく私たち親子に心を打たれたようで、給与が出る度に募金を直接送って来るのだった。慎一郎はその手紙を楽しみにしていた。いたわりの言葉と何気ない季節の移り変わりが書かれているだけの手紙だが、外に出ることの出来ない慎一郎にとってはゲームを体感しているように季節をもその手紙で感じているのだろう。私も彼女の手紙を歓迎した。すぐに忘れてしまうような哀れみの文字を綴られるよりも便箋に挟まれた紙幣の方がよっぽどありがたい。

今まで慎一郎は返事を書いたことがなかった。かえでという架空の少女に宛てたのが初めてだろう。ただ慎一郎が手紙を書いている姿を見かけてもいないし、便箋や封筒はどこから手に入れたのか？　病院の一階には売店があり日用品が揃《そろ》っている。郵便のマークもあったような気がするので切手も販売しているのだろう。慎一郎はそこで一式を揃え、誰にも見られない時間、多分消灯後だ。ベッドサイドの小さな明かりだけを頼りに手紙を書いていた。そこまでして書いていたのだ。それだけ横峰の仕掛けが的を射たということだろうか。それとも五年という月日はそれだけ分かり合える時間なのか。

「私のことも見透かされている……」

寒気がした。そしてもう一度、横峰から手渡された慎一郎の手紙に目をやった。自分の名前さえひらがななのに「悪」「勇者」「平和」はたどたどしくも漢字で書かれていた。

物音一つしない夜の待合室。緑の明かりに手紙は染まっていた。ふとガラスに目をやると、緑色の光が当たり、血の気のないどす黒い肌の女がこちらを見ている。それはガラスに映った私だった。悪の化身デーモンフェンリルなるものはどんな姿をしているのか、少し気になった。

数日後、慎一郎は私に、

「遊園地に行ってみたい」

と言ってきた。

慎一郎が強請《ねだ》ったのは初めてのことだった。

第七章

遊園地

長いトンネルだった。オレンジ色に光るナトリウムランプは辺りの色を画一化させ単調な空間を生み出す。ルームミラーに映る顔色は不気味な灰色に変色されていた。

トンネルを抜けても灰色の景色が広がっていた。葉を落とし寒々とした白樺の樹々が林立している。空もどんよりと雲に覆われている。色を失った風景は排水口に絡まる髪の毛のように気分を滅入らせた。信仰心などは持ち合わせていないが、神様が私の心模様を眼下に広げたように思えた。

緩やかなカーブを曲がると樹々の間に観覧車が見えた。駐車場入り口にいるバイト員はパイプ椅子に座ったまま赤い誘導灯を振っていた。

間もなく冬を迎える遊園地は平日ということもあり、閑散としていた。若いカップルや女子大生のグループがほとんどで、子供の姿は数える程度だ。人々は口々に、

「寒い」

「寒いね」

「寒いよ」

「寒いって」

と言っていた。

ジェットコースターやループコースターなどアトラクションのいくつかは動いていない。この寒さの中では乗る人もいないのだろう。

「小早川さん、ちょっと」

背後から横峰が声をかけてきた。

「これを」

遊園地のマップを私に渡した。そしてマップを指し横峰は説明を始めた。

「今いるのが、ここの入り口付近ですね。左手になりますけど。ここが事務所です。ほら、あれ、あれです」

横峰が指差した先には、レンガを積み上げて造られた小さな洋風の建物が見えた。三角屋根のその建物はクリスマスケーキに添えられるデコレーションのようだった。

「あれが本部になります。あそこにモニターを用意してますので、途中から小早川さんにはあそこに来てもらって慎一郎君の様子を見てもらいます。三浦先生たちもあそこで待機してもらってます」

「来てるんですか？」

「もう着いています。先ほど連絡がありました。事務所の裏には救急車も待機させてありますんで安心して下さい」

救急車が出動するような事態になれば、テレビとしては儲け物だろう。もしかしたら横峰はそれを望んでいるのかもしれない。初めからこの男を信用してもいないし好きではない。ここまで来て、すべてが彼の思い通りになっていることが腹立たしく思えた。それは彼に対する怒りよりも自分に対してだった。幼い頃から誰も信じないで一人で私は生きてきた。なのに他人にコントロールされている。確かにこれも計算の上でと割り切っているつもりだったが、どうも腑に落ちなかった。

「小早川さん、段取りは大丈夫ですよね」

「何度も説明されましたから」

「じゃあ、僕はあの事務所にいます。小早川さんも慎一郎君と別れたら事務所に来て下さい。あとは園内に設置したカメラで慎一郎君とかえでを捉えます」

「はい」

渡された遊園地の地図に慎一郎は釘付けになっていた。

「じゃあ、あとは頼みましたよ、お母さん」

背筋がゾクッとした。今まで横峰に一度も「お母さん」と呼ばれたことはない。そこには〝役目をしっかりと果たせ〟という命令が込められているように思えた。振り返ると駆け足で横峰が赤レンガの建物に向かっていた。もやついた思いを抱いたまま私は慎一郎に目を向けた。

「何から乗ろうか」

「…………」

「どうする？」

「ギガ戦隊ウルトラレンジャーのショーが見たい」

横峰が予想した言葉が慎一郎の口から出た。それに対し、癪《しゃく》ではあったが横峰から与えられた台詞を私は口にした。

「ショーは一一時からだよ。まだ一時間もある。観覧車に乗ろうか」

「観覧車？」

慎一郎は怪訝《けげん》な表情を見せた。予想通りだ。さらに私は決められた台詞を続けた。

「観覧車は遊園地全体が見渡せるよ。ギガ戦隊ウルトラレンジャーのショーをやる劇場も高い所から見ることが出来るよ」

「……うん」

小高い丘の上に大きな輪が見える。遊園地の定番。王者の風格とでも言うのだろうか雄々しくそびえていた。

「あそこだ。行こう」

「うん」

私は歩き出した。その後を慎一郎が追って来る。第一段階クリア。まずは観覧車などの遊具で遊ぶ親子二人を撮影したいと横峰は言った。母と息子、二人きりの世界を覗《のぞ》き見るような映像は、視聴者の想像力をかき立て感動的なエンディングへと導く。横峰が熱く語ったのを覚えている。初めて訪れた遊園地。普通の子供とは違い遊園地に慣れていない。どこかぎこちなく戸惑う慎一郎、それを支える母の姿を狙うのが横峰の演出意図だ。

観覧車へと通じる道は緩やかな上り坂だった。道の両脇には街路樹が規則正しく植えられている。かまぼこ板ほどのプレートには「エゾヤマザクラ」と書かれていた。春になればこの道はピンク一色に染まるのだろう。だが今は葉も落ちクネクネ曲がった枝が強烈に主張している。見ようによっては巨大なガイコツたちが立ち並んでいるようにも思える。

「大丈夫？」

「……うん」

まだ数十メートルしか歩いていないのに慎一郎の額には汗が滲《にじ》んでいた。アトラクションへの案内板にはウサギの絵が描かれ、観覧車に向いた矢印には「あと100メートル」と書かれていた。この世には一〇秒も掛からず一〇〇メートルを走り抜ける人間がいるというのに、私たちはカップラーメンがのびてしまうのではないかと思われるぐらいの時間をかけて観覧車へと辿り着いた。

「はい、チケット二枚ね」

立派なあごヒゲを蓄えたおじいさんが私たちに手を伸ばした。頭髪は全くない。上下を逆さまにしたらヒゲはふさふさの髪の毛に見えるように思えた。慎一郎も同じことを思ったのか、私をちらっと見て微笑んだ。一一枚綴られた回数券を差し出した。

「はい、ありがとうね」

係の老人は皺だらけの笑顔で、ゴンドラの扉を開けてくれた。

ゆっくりと上昇するゴンドラの中、慎一郎は右に左に、キョロキョロと忙しなく外を見ていた。手にした地図を広げ、遊園地内を一つ一つ確認していた。そして、アーチ型の屋根を見つけた。ヒーローショーが行われる屋外劇場だ。

「そんなにウルトラレンジャーショーが見たいの？」

「ねえ、今何時？」

「まだ一〇時一〇分だよ」

「………」

地上から見上げた時はそんなに高くないと感じたが、頂上に辿り着いた時、観覧車からは石狩平野が一望出来た。稲穂は既に収穫され、藁《わら》だけが残された田園が鈍色《にびいろ》に広がっている。碁盤の目のように整った田んぼは切れ目を入れたカステラのように見える。茶色い焦げ目の付いたカステラはずっと奥まで続いていた。その先には灰色の日本海がうっすらと見えた。雲の切れ間から差し込む光がその海だけをわずかに照らしていた。

「ほら、海だよ」

「………」

海と言われても慎一郎はただ眺めるだけで表情を変えなかった。考えてみれば慎一郎は本物の海を見たことがない。だから海への思いもない。思いがないのだから何も感じないのだろう。海だけではない。五歳の子供が体験することのほとんどを慎一郎は知らない。

「何時？」

観覧車が四分の三周した時も時間を訊ねてきた。

「一〇時二〇分」

「急がないと」

「まだ時間があるよ」

「でも」

「次はあれに乗ろうか」

とメリーゴーラウンドを私は指差した。

「グルグル回るだけでしょう」

「いいよ、乗ろう」

フリーフォールやループザループ。スクリューコースターにスタンディングコースター。バイキング、急流すべり。アトラクションは沢山ある。でもどれもがハラハラドキドキの連続。心臓に過大な負担がかかってしまう。楽しむものは沢山あるというのに慎一郎が体験することは出来ない。遊べるのは、観覧車やゴーカートぐらいなものだ。ティーカップさえもドクターストップがかかっていた。

そもそも遊園地に人々はハラハラドキドキを求めてやって来る。絶叫マシンだけじゃない。お化け屋敷やミラーハウスもドキドキだ。それらはすべて心臓に疾患を持つ慎一郎には縁遠いものだった。ドキドキせずに楽しめる、いや乗れるのは観覧車とメリーゴーラウンド、それと敷地内を走る列車ぐらいなものだった。

土しかない花壇を横切りメリーゴーラウンドを目指した。後ろをトボトボと歩く慎一郎を私は気にした。

「大丈夫？」

「うん」

慎一郎の小さな手に私は目をやった。すっと自分の手を差し伸べ握ればいいものを それが出来ない。そんな簡単なことを躊躇する自分がいた。思えば親子であるのに手を繋いで歩いたことなどなかった。

突然、頭上からゴォーッという大きな音がした。螺旋《らせん》階段を横にしたようなレールが延びていた。今まで動いていなかったスクリューコースターが女性の悲鳴とともに通り過ぎたのだった。慎一郎は足を止め頭上を見上げていた。

「さあ、行こう」

と私が言っても慎一郎は動かなかった。

「行くよ」

「ねえ」

慎一郎はスクリューコースターのレールから目を外し、続けた。

「今のに」

「え？」

「乗ってみたい」

どれくらいだろう。ほんの数秒だったと思うが慎一郎の眼差《まなざ》しに私はどうすることも出来なく、ただ彼の目を見つめていた。曇り一つない澄んだ瞳から視線を外したのは私の方だった。

「無理」

地面に目を落とした私はぶっきらぼうに答えてしまった。

「そうだよね」

「違うの。身長制限があるの」

「身長制限？」

「そう。まだね小さい子は乗れないのよ。大きくなったらね、大きくなったら乗ろう」

「大きくなったら……ね」

悲しい目をして慎一郎が言った。五歳の男の子とは思えないほど大人びた口調だった。何も言葉を交わさず私たち親子は回転木馬を目指した。観覧車とは逆方向を指差したカメの看板には「あと50メートル」と書かれていた。

絢爛《けんらん》豪華に装飾されたメリーゴーラウンド。だが近づいてみると所々ペンキが剝がれ、白馬は王子を乗せるには痛々しい姿に見えた。馬車も魔法が切れてかぼちゃに戻る途中のように思えるぐらい汚れていた。

渋々、慎一郎をメリーゴーラウンドに乗せた。ブザー音の後、軽快な音楽とともに馬や馬車が回り始めた。支柱にすがりついた慎一郎は上下する馬に最初は驚いていたようだが、それでも子供らしい笑みを浮かべた。ただただ円軌道を描くしかない。何が面白いのだろうとは思うが、ベッドの上でそのほとんどを過ごす慎一郎にすれば、周りの景色が動くのは滅多にない経験なのだ。

終了のブザーとともに木馬たちの動きは緩やかになり止まる。同時に周りの景色も止まり現実へと戻されてしまう。停止した木馬の上で慎一郎は空を見上げた。

「あれ食べようか」

メリーゴーラウンドを降りたところに屋台があった。キャラメルでコートされたポップコーンが四角いガラスの中で弾《はじ》けている。甘く香ばしい匂いが辺りに立ちこめていた。

「ミディアムサイズを一つ下さい」

自分でも予想外だったが、私は何だか浮き浮きしていた。観覧車から望んだ広がる景色。メリーゴーラウンドから見た回る世界。現実離れした感覚が私を高揚させた。遊園地に来たのは何年ぶりだろうか。遊園地どころか、会社での飲み会やカラオケ、余暇を楽しむといった行為をした覚えが母親になってからはなかった。

そもそも親子二人でどこかへ行ったという記憶がない。初めてだった。初めての体験に私は〝自分を見失い〟かけていた。

「写真、撮ろうか」

自分でも思いがけない言葉が出たと思った。今まで二人で写真を撮ることなどほとんどない。七五三や誕生日での撮影はあったが、そこにはいつも横峰がいて番組上という名目で撮影していたように思う。私自身が慎一郎と写真を撮ろうと考えたことがなかった。でも今は自発的に写真を撮ろうと口にしてしまった。

ショルダーバッグの中からデジタルカメラを取り出した時、背筋がゾクッとした。デジタルカメラは横峰から渡されたものだった。

「基本的にビデオカメラは遠くから狙っていますから、静止画で要所要所で記念撮影をしてもらえると助かります。このカメラを渡しますので、可能な限りお願いします」

という言葉を思い出した。

「でも、多分、私は撮影しないと思います」

「どうして？」

「……何となく」

と言い切ったのにもかかわらず、私はデジタルカメラを手にしていた。横峰は番組を作る上での展開だけでなく、私の心も予測していたのだろうか。軽い溜め息が出た。

「らしくないな」と自分でも思ったが成り行きに身を任せてみようかと思った。ちょっとした気の緩みなのだろうか。慎一郎よりも私の方が浮き足立っている。それは自覚していた。自分を見失うことなど私にはあり得ない。だから自分の状況は分かっている。私はずっと憂鬱だった。この計画が上手くいくとは思えないでいた。茶番であることはもちろん、私たち親子が視聴者にとってこの上ない曝し者になるような思いに駆られていた。感動を導くための生け贄《いにえ》。この企画がそう思えて仕方がなかった。ただ、それと引き換えに私は視聴者からの絶大なる同情を得る。そのためには納得しなければならない。テレビで大きく扱われることが、私を裏切った人間たちへの復讐なのであるから。

辺りを見渡した。シャッターを押してくれる人を私は見定める。目の前にはポップコーンを売る女。三〇過ぎの小太り。化粧っ気もなく左手の薬指に指輪はない。無愛想さが独身女のエゴを立証している。向かいにはメリーゴーラウンドの男性係員。歳の頃は二〇代前半。キャップからはみ出したヨークシャーテリアのような茶と黒のまだらな頭髪が下品極まりない。どうせ元暴走族か何かで、高校を中退し、巡り巡ってここへ辿り着いたのであろう。でも回転木馬と同じ。代わり映えなくグルグルと同じ場所を回っているような人生を過ごしているに違いない。その間の通りを若い男女が歩いている。一〇度にも満たない気温であるのに女は素足のミニスカートだった。蚋《ぶゆ》にでも刺されたのだろうか、太ももと脹《ふく》ら脛《はぎ》が赤くなっていた。男はジーンズをこれ以上は下ろせないだろうというぐらい下げるに下げていた。地球の温暖化による海面の上昇よりもズボンをどれだけ下ろせるかが彼にとっては最重要項目なのだろう。形式上ではあっても頭を下げたくない面子《メンツ》ばかりだった。焦点を少しだけ遠くに合わせる。惜しげもなく裸体を曝け出した樹々ばかりが目につく。あとは無防備に立つ自動販売機。野ざらしで色落ちした立て看板ぐらいなものだ。浮き足立った自分が滑稽《こっけい》に思えてきた。だが私はむきになっていた。一度言い出した手前、何としても写真を撮らなければならないと思っていたのだ。それは遠くでモニタリングをしている横峰の顔が浮かんだからだ。彼の思い描いている展開通りであるのならば、私も私で思ったことは実践しなければ気が済まない。監視カメラのように首を動かし私はターゲットを探した。

「いた」

と思った。乗車券売り場の横に職員らしい人物がいた。その人物とは数十メートル離れていたが、私は駆け寄り言った。

「すいません」

長いほうきと柄のついた三ツ手ちりとりを持った女性だった。

「シャッターを押してもらえませんか」

「………」

彼女は山道でヒグマにでも出会ったかのように硬直していた。

「あのう」

「あ、はい」

何を驚いたのかは分からなかったが、それも一瞬だけのことで女性はすぐに笑顔で答えた。

「いいですか」

私が振り向いた先にいる慎一郎を見て、その初老の女性は軽く会釈をした。それを見て慎一郎も頭を下げる。私は彼女にカメラを手渡した。

「最近の機械はよく分からないから」

「このボタンを軽く押して、ピントが合ったら強く押して下さい」

「はい」

「慎一郎、おいで」

キャラメル味のポップコーンを頬張りながらちょこまかと私の横にやって来た。

「あのう……」

慎一郎を見て、その女性が言った。

「いつもテレビを見ています」

その言葉に一瞬私は身構えた。でもすぐに気を取り直し、

「ありがとうございます」

と答えた。

「大丈夫なんですか？」

「え？　あ、病気ですか」

「ええ」

「みなさんの応援のおかげで順調に回復しています」

とびっきりの笑みを湛《たた》えて私は答えた。もちろん回復などしていない。手術を受けなければ治らない病気なのだから。私は笑顔を保ちながら、早くシャッターを押して

くれと思った。そうすればもうこの女と係る必要もなくなる。いちいちまどろこしい質問には答えなくてすむ。

「あのう、撮ってもらえますか」

「あ、ごめんなさいね」

頼んでいるのはこっちなのに、女が謝った。〝カシャ〟というシャッター音が響いた。

「どうもありがとうございます」

そう言うと私は一方的に、女からカメラを奪った。

「いえいえ」

去ろうとした時、

「こんなに元気な慎一郎君と実際に会えて感激です。……お母さんもいろいろ大変だろうとは思いますが、頑張って下さい」

と彼女は言った。私は、

「ありがとうございます」

と当たり障りのない挨拶をし、その場を去った。振り返るとその初老の清掃員はまだこちらを見ていた。彼女が会釈をする。私もそれに応えて頭を下げる。何かが引っかかった。何であるのかは分からなかったが、後ろ髪を引かれるような思いを覚えた。足を止めることはなかったが私はもう一度後ろを振り返ってみた。小さくなった初老の清掃員は全く動いた気配なく私たち親子を見ていた。またも彼女は会釈をした。同じように私も繰り返したが、前回よりも頭を下げる角度は浅かった。

「ちょっといい？」

と慎一郎は言った。疲れたのだろう。だが慎一郎は決して〝疲れた〟とは口にしない。乳業メーカーの名が背もたれに書かれたベンチがあった。

「あそこに座ろうか」

慎一郎は黙って頷いた。

ベンチに腰掛け二人でポップコーンを頬張った。慎一郎は忙しなく時間を訊いてきた。

「ねえ、何時？」

「さっき訊いたばかりでしょう。一〇時三六分。まだ一分しか経っていないよ」

「もう行こうよ」

「まだ早いよ。平日だから並ばなくても見られるよ」

「いいんだよ。もう行こうよ」

慎一郎は立ち上がり屋外劇場のある小高い丘を目指した。ベンチには食べかけのポップコーンが散らかっていた。溢《あふ》れたポップコーンを拾い、熊のキャラクターが描かれたプラスチック容器を手に私は慎一郎を追いかけた。

「走っちゃダメよ！」

心臓に負担がかかる。気が気じゃない。足取りを速めた。ふと思った。あの子が走る姿を見たのは初めてかもしれない。ハイハイをする前から病室での生活が始まった。初めて立ったのも病室のベッドにもたれてだった。幼稚園にも行けなかった。運動会にも出たことがない。息子の走る姿さえ私は今まで見たことがなかった。

私が追いつく前に慎一郎は立ち止まった。顔が青い。ほんの三〇メートルも走ってはいない。

「慎一郎！」

自分でも驚くほど大きな声を出してしまった。

「……平気だよ」

珍しく慎一郎は笑顔で答えた。まだまだ上り坂が続いている。何も言わず私は左手を差し出した。慎一郎も何も言わず、右手で私の手を握った。心臓の鼓動が強く伝わる。こんなにもドキドキしたことはない。慎一郎の手はマシュマロのように柔らかく、ホットチョコレートのように温かかった。私はそれを確かめるように小指から順に、薬指、中指、人差し指、そして親指と動かしてみた。私は前だけを見た。手を繋ぎ、ゆっくりと私たち親子は坂道を上って行った。

第八章

屋外劇場

二百組の親子が座れるほどのベンチが並んでいた。青いプラスチックの板がいくつも並ぶ。背もたれはなくヒンヤリとしていた。一五分前だというのに私たち以外ベンチに座る者は数えられるほどだった。私たちの右手に一人、左手に一人、そして少し前に一人。三人だけだ。子供相手のショーには似つかわしくない中年男性ばかり。しかも全員横に紙袋を置いている。その紙袋はよく見ると小さな穴が開き、そこからカメラのレンズらしきものが覗いていた。番組スタッフであることはみえみえだった。だが舞台に全神経を集中させている慎一郎が気づくことはないだろう。ということは、一般客は一人もいない。それも納得出来る。屋内ならまだしも雪でも降りそうなこの季節に三〇分も外でじっと座っているのは苦痛だ。現に今週末にはこのヒーローショーも千秋楽を迎える。遊園地自体が冬期間の休業に入るからだ。

キョロキョロと視線を飛ばし、鶏のように忙しなく慎一郎は首を動かす。落ち着かない様子だった。広い劇場内には、入り口に黄色い蛍光色のジャンパーを着たもぎりの係員が一人いるだけでショーが始まる気配はまだない。容器の底に残っていたポップコーンを私は頰張った。弾けきらなかった種がガリッと音を立てて割れた。

前の席に陣取った男が紙袋をガサガサさせていた。アングルが上手く決まらないのだろうか。私は慎一郎を気にした。男のことは眼中にはないだろうが、あまりにも大きな音を立てるから自然と目がいく。

「ポップコーンはもういい？」

男に気が向かないよう私はどうでも良いことを話しかけた。

「いらない」

舞台から目を離さず慎一郎は答えた。

「ジュースでも買ってこようか。一緒に行く？」

「いらない」

「喉渇かないの？」

「うん」

〝カチャ〟と何かの軽い音がした。目の前にいる男は腰を曲げ足下を覗いた。何かを落としたようだ。私は思わず舌打ちをしてしまった。慎一郎が私の顔を見た。

「うん？」

と笑顔で応えたが、怪訝な顔を見せていた。ジュースを欲しくないと言ったことに私が腹を立てたと慎一郎は勘違いしたのだ。私はますます目の前の男を腹立たしく思った。さらに男は横に置いてあった紙袋まで地面に落としてしまう。〝ガチャン〟とさっきよりも大きな音がした。さすがにその場にいた全員がその男に注目した。もちろん慎一郎もだ。

「そろそろ始まる頃かな」

慎一郎の目の前に腕時計を差し出した。

「まだ五分前だよ」

と慎一郎はボソリと言った。紙袋を小脇に抱えた男が目の前を通り過ぎた。落ちた拍子にカメラが壊れたのだろう。役目を果たせずに男は劇場を去った。

私は会場を見渡した。横にある看板、前のベンチの下、ステージ上に吊られている照明器具の間。私が確認しただけでも三台のカメラが設置されていた。きっと他にもまだあるだろう。すべてが私たち親子に向いている。そしてその先には何万人もの視聴者が待ち構えているのだ。何も知らずに緊張している慎一郎がちょっとだけ不憫《ふびん》に思えた。

開演近くになると数組の親子連れが入って来た。これも仕込みなのか、私たち親子の近くには誰も座らない。何が本当で何が仕込みか分からなくなってきた。

〝キーン〟というマイクのハウリングが劇場内に轟《とどろ》いた。思わず私は耳を押さえた。慎一郎も顔を歪《ゆが》めていた。ステージ上には何事もなかったかのように〝司会のお姉さん〟が立っていた。白いショートパンツは膝上五センチとなんとも中途半端な長さだ。姉のお下がりを無理矢理着せられた子供のように見える。黄色いトレーナーに目立った膨らみがないことがさらに子供っぽい印象を与えた。大学生のアルバイトなのだろうか。化粧っ気もなく随分と幼い感じがした。

「みなさ〜ん、こんにちは〜」

語尾を伸ばす特有の喋り方で挨拶をする。まばらな観客席から声はない。

「おやおやおや、どうしたのかな〜、元気がないのかな〜。もう一度、ご挨拶しますから、大きな声で答えて下さいねぇ〜。こんにちは〜」

「こんにちは〜！」

慎一郎と同じぐらいだろうか。落ち着きのなさそうな男の子一人だけが大きな声で答えた。

「元気がいいお友達ですねぇ〜。他のみんなは、ど〜なのかなぁ？」

司会のお姉さんは、言葉とは裏腹に目が笑っていない。口元に笑みを作ろうとしているが体中から緊張感が漂っている。テレビの取材が入ることが彼女をそうさせているのだろう。

「もう一度ね、こんにちは〜」

「こんにちは〜」

と答えたのは、あの男の子だけだった。

「もうすぐぅ〜、みんながお待ちかねのギガ戦隊ウルトラレンジャーショーが始まりま〜す。みんなは〜、ギガ戦隊ウルトラレンジャーが好き？」

お姉さんは客席にマイクを向けた。

「すき！」

と答えたのは、やはりあの男の子だけだった。

「あの人、空気が読めないね」

ボソリと慎一郎が呟いた。

「え？」

「あんなに一生懸命になることないよ」

「どうして？」

と私は訊き返したが慎一郎は何も答えなかった。ステージ上では台本通り、ギガ戦隊ウルトラレンジャーのストーリーを説明していた。一通りの説明が終わるとストロボライトで作られた稲光が光った。予定通りといったところだろう。絶妙のタイミングだった。

「きゃぁ〜！」

ステージ上のお姉さんが、まさに台詞といった感情を伴わない悲鳴を上げた。

「何あの子」

と口にこそ出さなかったがイラッとした。ただ光がピカピカと瞬いただけだ。それを大袈裟《おおげさ》に騒ぎ立てる。まだ怪人も出ていない。彼女の安っぽい一人芝居に過ぎない。こんな安っぽいキャストで大丈夫なのだろうか。私は気が重くなった。

重低音を強調したオドロオドロしい音楽が流れてきた。

「あっ！」

と叫んだのは慎一郎だった。客席にはいつの間にか黒い衣装に全身を包んだ男たちがいた。顔の部分はオオカミのようなマスクを被り、手には剣を持っている。太陽の光で剣が輝いていたが、その輝きから剣は金属ではなく硬質樹脂で出来ているのがはっきりと分かる。中に一人、黒いマントを羽織りナチスを連想させる軍服を着た男がいた。男は口の部分こそオオカミのような牙を剝《む》き出していたが、目は人間で、その片方には黒い眼帯をしていた。

その容姿を見て少しだけ私は安堵した。顔の大部分はマスクや眼帯で隠されている。これなら演技力が足りなくとも多少はごまかせるだろう。司会のお姉さんよりはマシなはずだ。

男は客席の最前列までやって来て、剣を振り回し子供たちを威嚇《いかく》した。

「はっはっはっはっ、私は悪魔帝国から来た〝デーモンナイト〟の大佐だ」

と本人からではなく左右のスピーカーから声が出た。

「我々は、この世界を征服する。我々、悪魔帝国が全世界を征服するのだ！」

左右から聞こえる声に合わせ、〝大佐〟は身振りを大きくした。それに合わせ他の黒い男たちが雄叫《おたけ》びを上げた。昔から代わり映えのしない、よくあるヒーローショーだと私は思った。

「みんな〜ぁ、こんな奴らの言うことを聞いちゃダメよぉ〜。悪い者の好きにさせてはいけない。この世界は、お友達みんなで作るのよ！」

顔を真っ赤にしてお姉さんが叫んだ。

「なんだ、お前、我々に抵抗するのか！」

横で慎一郎は瞬き一つしないで成り行きを見守っている。

「このままだと、あいつらの思うままよ。そうだ、みんなでウルトラレンジャーを呼ぼう！　ウルトラレンジャーなら、あいつらを必ず倒してくれるはず！　いい？　みんな、お姉さんが〝せ〜の〟って言うから、そうしたら〝ウルトラレンジャー！〟って叫んで。いい？」

答えたのはもちろんあの男の子だけだった。

「いくよ〜、せーの！」

慎一郎は黙ったままだった。

「ウルトラレンジャー！」

あの男の子だけが力の限りに叫んだ。軽快な音楽がなり舞台照明が瞬いた。空中回転をしながら、赤、青、緑、黄色、ピンクの五人が登場した。黒い男たちと五色がステージ上で入り乱れる。役目を終えたお姉さんはいつの間にかいなくなっていた。

あちらこちらと動き回る五色と、飛び跳ねる黒い塊。私はその段取られた動きを冷静に見ていた。何の戦いなのだろう。悪役として登場した黒い男たちだが、何の悪行もここではしていない。多少子供を威嚇した程度のことだ。そこに現れた五色の五人。圧倒的に五色は強い。でも釈然としない。何の悪行もしていない者を一方的に痛めつけている。背景を知らなければ、先入観を持たなければ違うようにも見える。悪いのは何もしていない者を痛めつけている五色の方で、一方的にやられている黒い男たちは犠牲者に思える。

戦闘は五色の圧倒的な勝利で終わろうとしていた。

「待てえ、ウルトラレンジャー！」

声は相変わらずスピーカーから聞こえてきたが、その主である大佐はいつの間にか客席の後方にいた。

「そこまでだ」

大佐は小さな女の子を抱き、人質にしていた。

「この子がどうなってもいいのか」

やっと悪役が悪役としての行為に出た。しかしこれも、五色が追いつめたから、こうするしか逃げ道はなかったとも考えられる。たかだかヒーローショーなのだろうがなんともお粗末な展開だと私は思った。まあテレビ的にはこれでも充分なのだろう。大佐は女の子を引き連れてステージに上がる。ステージ上では五色がヒーローらしいポーズで身構えていた。ここからは人質となった少女を救出する物語が始まるのだろう。大佐は悪者にしては随分と丁寧に女の子をステージへと連れて行った。

女の子は歳の頃は慎一郎より二つぐらい上だろうか。長く伸びた髪の毛は左右で奇麗に編み込まれ、大きな瞳に伸びた鼻筋、端整な顔立ちはモデルのようだと思った。

「モデル？　あの子だ」

と思った時、

「慎一郎君、助けて！」

ステージ上の女の子が慎一郎に向かって叫んだ。その緊迫した叫び声は、司会のお姉さんの悲鳴とは比べものにならないぐらいの名演技だった。小刻みに唇を震わせる仕草を見て、私は悪寒が走った。子供とは思えない。卓越した演技は児童劇団か何かで養ったのだろう。それは自分の意思ではないはず。親のエゴともとれる期待が純粋な子供心をねじ曲げているのだ。かえで役の女の子の目元が光った。涙を浮かべている。大きな葉を広げ獲物を待つ食虫植物のように見える。その罠《わな》に我が息子はまんまと嵌《はま》って行くのだ。

私は悪魔のような女だ。世間から同情を得るためにこんな茶番に乗っている。でも同じぐらい、あの小娘も悪魔のように見えた。

慎一郎は一目散にステージへ駆け寄った。速い。慎一郎がこんなにも機敏に行動するのを見たことがなかった。緩やかな坂道でも汗を滲ませていたのに、慎一郎はサバンナを疾走するチーターのように駆け抜けた。私は驚きとともに慎一郎の心臓を心配した。思わずステージに駆け寄りそうになった。でも、そんな私の腕を横峰が掴んだ。

「僕も心配になって現場に来ちゃいましたよ」

「慎一郎が」

「大丈夫ですよ」

「………」

「ここからは、もう傍観するしかありません。事務所のモニターで確認しましょう」

「いえ、ここにいます」

「困ったなあ」

ステージに上がった慎一郎は大佐と対峙《たいじ》していた。

「その子を放せ」

五色を後ろに回しヒーローさながらの台詞を慎一郎は口にした。大佐は何も言わない。音声はすべて録音されたものだった。アドリブには対応出来ないのだろう。かろうじて、大佐は剣を上段に構えた。

「お前たちの好きにはさせない。その子を放せ」

ゲームの世界で覚えた言葉なのか？　それとも生まれ持った正義感なのかは分からないが、慎一郎の独壇場だった。

「良い芝居するな」

振り返ると横峰の下品な笑みが視界に入ってきた。

「あの子、どうするつもりだろう」

「え？」

「勇んでステージに上がったけど、何をするの？　戦っても勝てるわけないでしょう」

いくら子供とはいっても気がつきそうだと私は思った。小さな体一つで悪漢に立ち向かう姿に疑問を感じた。私に似て慎一郎も思慮深いところがある。ましてや病床で暮らす子供はどこか世間に対して懐疑的になる。慎一郎も例外ではなかった。そんな子が感情を剝き出しにしている姿に私は違和感を覚えた。

「大丈夫です。慎一郎君の思うようになるよう対応しますから。そういう段取りになっていますから」

「そうじゃなくて、慎一郎は何を考えているんでしょう」

「何をって?」

「こんな無茶なことする子じゃない」

「それは、かえでを救いたい、悪魔帝国を滅ぼすという一念じゃないですか?」

横峰の言うことに同意出来ない。

「そうかな。本当にそんなこと信じているでしょうか。何だか、あの子が分からない」

「?」

少々私は混乱していた。ゲームの世界観を現実に混在させ、虚像のかえでを救うことは大人が仕掛けた罠であるから、それを信じている息子は仕方ないと思う。子供なのだから。でも、恐怖心の一つも感じないで果敢にも、いや無謀にもステージに上がった慎一郎が分からなかった。悪役の大佐に唆《けしか》けられて渋々、壇上へと歩むことを私は何となく想定していた。しかも私が慎一郎の手を引いて。しかし慎一郎は私を顧みることもなく一目散に駆け上がった。

「アノコ　ハ　ナニヲカンガエテイル？」

「待て！」

慎一郎が叫んだ。女の子を抱きかかえ大佐は舞台袖へと消えた。慎一郎はそれを追った。

「さあ、行きましょう」

事務的に横峰が言った。ステージ上では脱力した五色が気怠《けだる》く去って行った。会場にいた親子たちも、あっさりと立ち上がり出口を目指す。ここにいたすべてが段取りを知り、それに従い行動していた。何も知らないのは慎一郎だけ。私はそんな息子が不憫に思われた。

「行きますよ」

不安を拭《ぬぐ》い去れないまま私は屋外劇場を後にする。先ほどまで園内で遊んでいたカップルや親子連れの姿がない。屋台もすでに店仕舞していた。すべてが仕組まれたことなのだ。ここには嘘しかない。その嘘の世界で慎一郎は戦おうとしている。

「ナニト　タタカウノ？」

私は混乱し始めていた。どうして私とあの子はここにいるのか。私たち親子はどうなりたいのか。なんだか周りの景色が歪んで見えるような気がした。真っ直ぐなはずの電柱がぐにゃりと曲がっている。先ほどまで乗っていた観覧車がアンドロメダ星雲のような楕円形に見えた。

私の周りが私の思いとは違う形を見せ始めた。

第九章
テレビの中

横峰に連れて来られた遊園地の事務所は味気ないものだった。一階部分はアルバイトを含めた従業員の休憩所になっており自動販売機が並んでいた。その二階部分が事務所として使われている。向かい合って四脚のスチール机が並べられ、事務長の机と見られるものが別に一つ切り離されて配置されていた。壁際にスチール棚がありファイルが乱雑に置かれていた。他のスペースはパーティションで仕切られ物置のようになっている。薄汚れたクマやウサギの着ぐるみがバラバラ死体のように何体も置かれ不気味だった。そのすぐ横に一〇台以上のテレビモニターが設置され、数名のテレビマンが画面を食い入るように見ていた。

「収録自体は駐車場に止めてある中継車でやっているんですけど、どう展開するか分からないので、こうして複数で監視しているんです」

横峰は得意気に言った。

「凄い数のカメラですね」

「ここに送られて来る映像の他にハンディカメラも固定や手持ちでまだ一〇台以上あります」

「そんなに？」

「ええ、全部で……」

「二八台です」

左端のモニターを見ていた男が答えた。

「ENG八台にミニDVが二〇台です。かき集めるのに苦労しましたから」

銀縁の眼鏡フレームがモニターの明かりで光る。見かけは三〇過ぎだろうか。神経質そうな顔立ちは秋葉原が似合うと思ったが、私は一度も秋葉原には行ったことがない。着古したダンガリーシャツの襟首は擦れて白くなっている。しかも買った時よりも随分と太ったのだろう。競泳選手の水着のようにパッツンパッツンに体と一体化している。合わせを留めたボタンが悲鳴を上げそうに見えた。

「秋山君は優秀ですから」

「別にそうでもないですよ」

「いやあ、君だからこれだけの機材を集められたんだろう」

そう言われた銀縁フレームは眉尻と口角を上げ得意気な表情を見せた。たまらなく嫌だと私は思った。だが何故か彼から視線を外せないでいた。一瞬、私は目を疑った。銀縁は私に向かいウィンクをしてみせたのだ。

「⁉」

露骨に私は怪訝な顔をしてしまった。それが彼なりの挨拶なのだろうが、ローマのトレビの泉で出会ったのならまだしも、北海道の片田舎の遊園地、しかもイタリアの伊達男《だておとこ》とは真逆に位置する小太りのアキバ系なのだ。私の不快感は怒りに変わろうとしていた。そんな私を察知してなのか横峰はパイプ椅子を差し出し、そして煙草に火を点けた。

「禁煙ですけど」

憤然として秋山が言った。母音に力を入れた口調はロボットが発するような声に聞こえた。

「あれ？　ダメなの？　別に張り紙とかないし」

「これだけの機材があるんです。張り紙などなくとも禁煙は当たり前でしょう」

どう見ても横峰が上司であろう。しかしながら秋山の口調と表情は、上の者に向けての態度ではない。そんな小太りで眼鏡の男に対する私の不快感は増すばかりだった。

「コイツモ　キライダ」

　そう心の中で私は呟いた。元来、初対面で人に好意を抱くことはない。まずは警戒し信用はしない。間合いを詰めることなく、じっと防御の構えで様子を窺う。相手が敵ではないと分かっても気を許すことなどなく、弱点を探す。いざという時にはその弱点を攻めたて優位に展開するためだ。これが対人関係に於いての基本的な私の考え方だ。だから作り笑顔でいても心は決して開いてはない。そんなだから気に入らない人物に出会おうものなら、とことん嫌ってしまう。目の前にいる小太りで銀縁の眼鏡、擦れたダンガリーシャツがまさにそれだった。人を見かけで判断してはいけないというが、そんなことは奇麗事だ。見た目だけで分かることも多い。よせば良いのに私は食い入るように男を見た。

「?」

　私の視線を男が感じた。

「なにか?」

「え?」

　私はたじろいだ。何だかとてつもなく不気味に思えたのだ。

「何か質問があったら、いつでもどうぞ」

と笑った男の口元の左側。犬歯がなくそこだけブラックホールのような闇があった。

歯の汚い男は最低だ。嫌悪感がさらに強まった。

何だろう？　今まで多くの人間を観察して来たが、この男は何かが違う。もちろん好感の持てるものではない。負の力である何かなのだ。それをこの男に私は感じた。

それが不気味に思えたのだ。

「質問」

「え？」

「質問です」

「質問ですか？　いや、別に」

「ならいいです。何か訊きたくなったらいつでもどうぞ」

「あ、はい」

「彼ね、ゲームにも詳しいんですよ」

携帯灰皿に吸い殻を入れながら横峰が言った。小太りで銀縁眼鏡の秋山は、またしても口角と眉尻を吊り上げ得意気な表情をしてみせた。艶やかな肌が尚更気色悪い。

「まあ、気持ちは分かりますけど、この場では彼の力が必要なんです」

横峰の生温《なまぬる》い息が耳元に吹きかかった。何もかもが気持ち悪い。胸がムカムカした。何かが変なのだ。何とは断言出来ないが、どうもおかしい。あの慎一郎がなり振り構わず悪漢を追いかけたこと。その時から時空間が歪んだように思えて仕方がなかった。歩いていても地面の感触が伝わって来ないように思える。今、ここで行われていることは現実なのだろうか？　それすらも分からなくなりそうだった。

「大丈夫ですか？」

横峰が私の顔を覗き込んだ。

「何がです？」

「何かぼーっとしてませんか？」

「いえ」

「熱でもあるんですか？」

「大丈夫です」

「顔が赤いように見えるけど」

私は頬を触ってみた。確かに熱い。

「気のせいです」

気のせいではないだろう。熱を帯びているのは鏡を見なくとも分かる。北国の子供が頬を赤くして雪遊びをしている姿を私は思い浮かべた。

「屋外劇場の裏手にスキー場があります、そこがメイン舞台になります」

ライターを摑んだままの左手で真ん中のモニターを横峰は指差した。一面をススキで覆われた丘が見える。右奥には先ほど乗った観覧車が小さく映り込んでいた。ススキをかき分ける慎一郎の姿が小さく確認出来た。

「もっとアップで慎一郎君に寄って」

トランシーバーを使い横峰が言った。すぐさま画面は慎一郎の顔で埋め尽くされた。

「ナンダロウ？　ナンカ　ヘンダ」

と私は感じた。勇んでステージに駆け上った時とは明らかに慎一郎の表情が違う。あれだけあった緊迫感が削《そ》がれ、普段ベッドの上にいる時となんら変わらないどこか冷めたような顔つきだ。

「？」

人質になった少女を助けるため勇んでステージに駆け上った慎一郎。その時の彼は、高揚した表情は目つきが鋭く、小さな体ではあるが全身の筋肉に緊張感がみなぎっていた。それだというのに今、モニターに映る息子は、目つきは精彩を欠き、体も脱力しながらダラダラと草をかき分け歩いていた。

「疲れたのかなあ」

横峰も慎一郎の変化に気づいたようだった。

私は目を凝らした。息子は疲れたのではない。映像ではあるが呼吸の乱れは感じられないし、汗をかいている様子もない。

「あの子は大丈夫です」

と私は言った。

「アノコハダイジョウブ　デス」

と頭の中で私は繰り返した。

「アノコハダイジョウブ」

でも、何かが違っているのは確かだった。あの子が大丈夫であるのなら、大丈夫じゃないのはこちら側？

「ワタシガ　ヘンナノ？」

軽い目眩《めまい》を覚えた。

かえでたちを見失った慎一郎は辺りを見渡していた。身の丈近くもあるススキ原の中に彼は一人ぼっちになっている。それなのに慌てる素振りも見せない。ステージに駆け上ったのと別人のように見えた。

「彼なりに冷静に分析しようとしているんでしょうね」

「え？」

「あなたが言ったように、後先考えずに行動に出た自分を省みているのかもしれません。そうでしょう？」

「何がですか？」

「あなたの息子さんだ。取り乱したりしない」

「皮肉っぽい言い方ですね」

「そう聞こえましたか？」

「ええ」

「でも事実ですよ」

いつもの下品な笑いを横峰は浮かべた。

「大丈夫ですか？」

笑顔のまま横峰は訊ねた。

「大丈夫です」

「いえ、あなたですよ」

「私？」

「顔色が優れない」

「何も」

「それならいいけど」

私は目だけを動かし辺りを見た。自分が映るものを探したのだ。鏡があろうはずもなく、唯一可能性のある窓ガラスも外からの明かりが強く何も映らないでいた。そんな私を横峰は横目で見ていた。

「嘘です」

「？」

「顔色悪くありませんよ」

そう言うと横峰は小太り眼鏡の横に座った。

モニター画面の中で、慎一郎はまだススキをかき分けゆっくりと歩いていた。これを企てたのは大人たちだ。横峰が企画を立て私も番組の撮影ということで同意した。しかしそもそもは慎一郎が望んだことだ。物心ついた時から息子は病院のベッドの上で生活していた。そこが彼の生活の場であり、幼稚園でさえも彼にとっては想像の世界でしかない。いつもベッドの上で携帯ゲームの十字キーを動かし架空の世界を彼は冒険していた。その架空世界での体験は、いつしか想像を超え現実世界をも侵食し始めていたのだろう。ベッドの上ではろくに手足も動かせない。でもゲームの中での

「シンイチロウ」は野山を駆け抜け、大海原を航海し天空の城まで登り詰めた。擬似的体験ではあろうが、慎一郎の思いは自ら入力した「シンイチロウ」によって昇華したのだろう。

大人たちが仕組んだ茶番ではあるが、ゲームの中での「シンイチロウ」が進んで行ったように慎一郎は、この遊園地での展開に逆らうことなく進んで行く。

でもそれがどうも、私は腑に落ちなかった。夢に見た（？）ゲームの世界を体感するとはいえ、普段の慎一郎はひ弱で小心者だった。注射一つでワンワン泣く。もう何百本いや数えきれないほどの注射を打たれたというのに、未だに彼は注射針を直視することが出来ない。夜中に尿意を催すだけでナースコールを押すこともある。子供だから仕方がないと看護師は言うが、一人でトイレに行くことも出来ないような子供なのだ。そんな子が、

「冒険の旅に行きたい」

と言った。言うだけならまだしも実際にこうしてここに来ている。小さな体の中にある正義感がどれだけのものなのか。年中ベッドの上にしかいない子供にそれだけの正義感がいつ宿ったのか。ゲームでそんな気持ちが養われるのか。私は疑問だった。

遊園地に着いて早々、慎一郎は数多《あまた》あるアトラクションには目もくれず、

「ギガ戦隊ウルトラレンジャーのショーが見たい」

と言った。冒険の舞台がその場所なのだから当たり前だが、初めて訪れた遊園地は物珍しかったに違いない。それなのに無理矢理乗せた観覧車でも景色を眺めることもなく、ウルトラレンジャーショーのことだけを気にかけた。唯一ジェットコースターに乗ってみたいと言ったが、それ以外はずっとウルトラレンジャーショーのことだけを考えていた。子供が行方不明になったヒーローショーの野外劇場。それがウルトラレンジャーショーの行われる場所だ。かえでという少女からの手紙。それは慎一郎に救いを求めるものだった。すべては横峰が書いたシナリオで、その通りに事は進んだ。

だが違う。

こんなにすんなりと進むはずはない。

なぜなら、慎一郎は私の息子だからだ。

人を一切信じない私の子供が、いとも簡単に素直に導かれて行くことが私には今ひとつ納得出来ないでいた。いや、そんな慎一郎が許せないのかもしれない。やすやすと仕掛けられた罠に嵌っていくのが間抜けに思えて仕方がなかった。今思い返しても、

先ほどの舞台での勇ましい姿には寒気が走る。番組として放映された時、視聴者は拍手喝采《かっさい》を送るのかもしれない。でもまんまと曝し者になることを私は歓迎出来ない。

「うん？」

秋山がモニターを覗き込んだ。

「あれ？」

周りの注意を自分に向けるようわざとらしく大きな声で疑問符を投げかけた。

「どうした？」

すぐに横峰が食いついた。

「止まりました」

「止まった？」

画面の中で慎一郎が立ち止まっていた。

「ちょっと」

横峰はドアの近くにいる若い女性に声をかけた。

「三浦先生を呼んで来て」

「え？」

若い女性は訊き返した。

「外の救急車に三浦先生がいるから、すぐに呼んで来て」

「あ、はい」

若い女と入れ替わりに勢い良く冷たい空気が流れ込んで来た。随分と外は冷え込んでいるようだった。

「やっぱり調子悪いのかな」

横峰は私に問いかけるように言った。

しかし、私は同意も否定もしなかった。分からない。今の私には慎一郎のことが分からなくなっているのだ。

「どうしたんだ」

横峰が言った。

「迷ったのか?」

慎一郎は辺りを見渡していた。自分の身長ほどもあるススキに囲まれている。道はない。迷うと言えば迷うだろうが、富士の樹海を彷徨《さまよ》っているわけではない。北でも東でも西でも、方角が分からずとも左でも右でも真っ直ぐに進めば簡単に出口は見つかる。疑問を持つことはない。現に、そうしてススキをかき分けて歩いていたはずだ。

「何を探しているんだろう」

秋山がボソリと言った。慎一郎は漠然と行き先を探しているのではない。具体的な何かを探しているのだ。

「あっ」

と声を漏らしたのは私だった。慎一郎と目が合った。クローズアップされた慎一郎の顔は画面一杯に映し出されていた。その目がカメラを向いたのだ。

「カメラを見ている」

「まさか」

「でも見てますよ」

スタッフの間に動揺が広がる。テレビカメラは電柱や木と一体化させたり、看板の裏に仕込まれていた。簡単なカモフラージュではあるが剥き出しで取り付けられているわけではなかった。被写体に気づかれないよう留意されていた。それなのに慎一郎は木の葉に隠されたカメラのレンズを凝視していた。饒舌《じょうぜつ》な横峰も口を固く閉ざし、画面を食い入るように見ていた。

大人たちの戸惑いをよそに慎一郎は瞬きもせずにじっとカメラを見つめている。そして微笑んだ。

「！」

私は背筋が寒くなった。小さな体、まだ幼い息子がとてつもなく大きな存在に思えたからだ。私は自分がお釈迦《しゃか》様の掌《てのひら》で右往左往する孫悟空のように思えた。大きな大きな慎一郎がそこにいる。

「モシカシテ」

「アノコハ　シッテイル？」

「ナニモ　カモ　シッテイル」

慎一郎はこの計画のすべてを知っている。そう考えると今まで疑問に思えた息子の行動も納得がいく。横峰が書いた「かえで」の手紙をすんなりと信用したことも、茶番としか思えないウルトラレンジャーショーでの衝動的な行動も、彼がそれらを知っていてのことならば私にも納得は出来る。

「あの子はすべてを知っていて、この遊園地にやって来たのだ」

そう思えて仕方がなかった。


「デモ？」


大人たちが描いた絵空事と知りながら、なぜ慎一郎は横峰のシナリオをなぞっているのか。となれば、もう彼が望んだ冒険の旅ではない。四方をススキに囲まれ慎一郎は何を考えているのだろう。そしてもう一つ疑問が浮かんだ。

「ワタシハ　ドウスレバ　イイ？」

混迷する物語の中で、私は自分の役目が分からないでいた。

第十章

犬と猿

白衣を纏った三浦が寒風とともに入って来た。

「慎一郎君は？」

横峰がモニターを指差す。秋山の肩に手を掛け三浦は身を乗り出しモニターを見た。そこには微かな笑みを浮かべた慎一郎がいる。

「え？」

気の抜けたような声を三浦は漏らした。

「すいません。突然、立ち止まったので……具合が……悪くなったのかと思い、先生を、呼びにやらせました」

横峰も慎一郎の笑みが不可解なのだろう。言葉尻、歯切れが悪い。

「でも、ここで見る限りは大丈夫のようですが」

三浦は白衣の襟元を正した。糊《のり》の利いたワイシャツに水玉のネクタイをしっかりと締めている。誰もがダウンジャケットやベンチコートを羽織り、ニットキャップを被っている。病院ならまだしも三浦の出立ちは場違いな空気を醸し出していた。多分、テレビカメラを意識してのことだろう。医師であることの主張なのだ。こういうプライドが私は大嫌いだ。ＴＰＯよりも自尊心に重きを置く。名刺で仕事をする典型的な日本人。そんな印象を受けた。

「ええ、まあ」

横峰は煙草を取り出し、火を点けた。

「禁煙です」

大きな声で秋山が言った。

「大きな声を出すなよ」

と言った横峰の声も大きかった。みんなが漠然とした苛立ちを覚えていた。横峰は深く煙草を吸い込み、煙を鼻から吐き出した。その煙が私を包み体内へと入り込む。煙以上の嫌悪感が押し寄せて来た。

「計画通りにお願いします」

「既に向かっています」

三浦の言葉に横峰が顔を曇らせた。

「まだ、指示は出していませんよ」

「医師としての判断です」

「いや、私の指示があっての段取りじゃないですか。この一件に関しての責任者は私です」

「この件はそうでしょうが、慎一郎君の体調管理責任者は私です。彼に何かがあった場合、あなたがどう責任をとるというのですか」

語気こそ荒らげないでいたが私の息子を巡り二人は言い争った。私はただ傍観者でいるしかない。母親である私はこの場では何の責任を負うこともない。母親であるというのに。

「深刻な事態になれば、当然、医師であるあなたの指示に従います」

横峰が大きな声を出した。

「ですから、一刻を争う事態と聞いたから、すぐに医師としての指示を出しました」

「一刻を争う？」

「ええ、そう聞きました」

「誰に？」

三浦は振り返り、入って来たドアを見た。ドアの前にはアルバイトの若い女の子が目に涙を溜め立っていた。

「彼女が慌てて来たもので」

「君は先生にどう言ったんだ」

ふっくらした左の頰に一筋の涙が流れた。

「い、いいえ、私は……」

「泣くなよな」

と言ったのは秋山だった。銀縁の奥に冷ややかな眼差しが鈍く光る。まるで別れ話を切り出したモテ男のような言いっぷりだ。容姿と仕草が合致しない。

「どう言った」

追い討ちをかけるように横峰は若い女に迫った。奇麗に揃った前髪が小刻みに震えている。本人はボブカットのつもりだろうが、見た目はただのおかっぱ頭である。

「わ、私は」

と言いかけたところへ、三浦が割って入った。

「もの凄い勢いで、慎一郎君が大変です。大変なんです。早く来て下さい、と言いました」

「それだけ？」

「それだけって、それで充分でしょう。大変イコール最悪の事態を想定するのが我々の仕事です。すぐに最善の処置を行う。だから私は看護師たちに現場へ急ぐよう指示したんです」

「何も具体的な状況は分からないじゃないですか」

「救命の場合はいつもそうです。冷静に状況を説明出来る場合の方が少ない。だから、どんな場合にも完璧に対応する。我々は命に係る仕事をしているんです。一分一秒も無駄には出来ない。手遅れになってはいけないんです」

横峰は頭を抱えた。

「俺は先生を呼んで来い、とだけ言ったはずだ」

若い女の涙は止まらない。

「横峰さん」

秋山が画面を指差した。

モニター画面。歩き始めた慎一郎の後ろに二つの影が見えた。私はすぐにそれがフッチーと赤塚であることが分かった。ぼんやりとシルエットでしか映っていないが、ふくよかな体格は配膳係のフッチーであり、華奢《きゃしゃ》でたどたどしく歩く姿は新人看護師の赤塚であることは明白だった。だがそう分かるのは、彼女らを何度も見ている者に限られる。二人は動物の着ぐるみを身につけていた。

「何ですかあれ」

私は横峰に訊いた。

「高校時代は演劇部だったそうですよ。院内でも練習ばかりしていて、それもナースセンターで。看護師長がぼやいていました」

三浦が何を言っているのか分からなかった。

「一人足りないですが、猿と犬ですよ」

と言ったのは横峰だ。

「桃太郎ですよ」

と言われても、私はまだ状況が分からないでいた。

「キジがいませんが桃太郎の猿と犬です」

横峰が言った桃太郎の話をやっと私は思い出した。慎一郎が病床でやっているゲームの話だ。ロールプレイングゲームと言われたが興味のない私には何のことか全く分からなかった。横峰もそれを知ってか、桃太郎の話を引き合いに出して来た。成長を重ねた少年が仲間と出会い悪漢を退治する。まさに桃太郎のような話だと横峰は私に説明した。

ふと事務所内に転がる着ぐるみが気になり目をやった。ウサギ、ネコ、キツネにクマの頭が無造作に重なっている。人の入っていない胴体部分は空気の抜けた風船のように何の役目も果たさない。フッチーと赤塚が身につけている着ぐるみもここにあったものなのだろうか。モニター画面に映る猿と犬は決して奇麗とは言えない。元々は真っ白だったと思われる犬は全体がくすんだ灰色だった。薄汚れた二体の着ぐるみが慎一郎へと近づいていた。

「猿と犬が仲間になり慎一郎君をサポートする段取りです」

「サポート？」

「朝から気の張りっぱなしでしょう。さすがに体力の消耗など、体調の変化が想定されます。モニターでずっと見て来てはいますが、細かいことまでは分かりませんから、看護師に直接診てもらいます。ただ」

「ただ？」

横峰は三浦を見た。

「私の指示で猿と犬が登場する段取りでしたけど、もう行っちゃってるんです」

不服な表情を露骨に横峰は三浦へと向けた。しかし三浦は何食わぬ顔でモニターを見ている。三浦は懐から小型のトランシーバーを取り出し口に当てた。

「赤塚君、赤塚君、三浦です。聞こえますかどうぞ」

　画面上で猿がキョロキョロと辺りを見渡した。

「聞こえているなら、右手を上げて下さい」

　猿はまるで選手宣誓をするかのように直立不動で右手を高く上げた。慎一郎と犬猿の距離は五〇メートルぐらいだろうか。生い茂るススキが隠れ蓑《みの》になり慎一郎はまだ二体を見つけていない。

　ただ私は嫌な予感がしてたまらなかった。低予算番組だから仕方がないのかもしれないが、あまりにも安っぽい着ぐるみだ。しかもその中に入っているのは所詮素人。茶番である上に人選ミスであろうと思われるキャスティング。横峰は万全だと言った。遊園地や病院の協力のもとテレビ局の総力を挙げて感動的な物語に作り上げると言い切った。しかし目の前にある現実はあまりにもお粗末だ。私は、ディレクターとしての資質に強く疑問を抱いた。

「じゃあ、体温を診ましょう」

猿は左手も上げ、頭の上でＯＫマークを作ってみせた。

「スイッチを入れます。画面はこちらです」

秋山がテーブルの上に置かれた小さなモニターを指差した。

「サーモグラフィです」

横峰が私に向かって説明した。

「猿の内部にサーモグラフィのカメラを仕込んでいます。人体からの赤外線を分析し視覚的に体温を測ります。ほら、最近では税関で入国審査とかに使われているでしょう」

「はい」

「あれです」

画面は真っ黒だった。

「もっと左を向いて」

三浦の指示に従い、猿は慎一郎に近づく。黒い画面に紫色の小さな塊が見えた。慎一郎だ。

「もっと近づいて」

上下にぶれながらも紫の塊は大きくなって行く。

「ああ、足下に気をつけて」

メインモニターにはススキの中を勢い良く駆け抜ける猿が映っていた。

「転ぶなよ」

気配を感じた慎一郎が後ろを振り向いた。慎一郎は立ち止まったまま猿を見つめた。

遅れて灰色の犬もやって来た。

サーモグラフィを医師の三浦は凝視した。紫に赤、そしてオレンジ色に分解された慎一郎の体が映し出されている。

「熱はないようですね。大丈夫だ」

安っぽい着ぐるみの中に最新鋭の撮影機材が仕込まれているらしい。体温を計測するだけにこれだけの大掛かりな物が必要なのだろうか。低予算と言っていた割には随分とお金がかかっていることだろう。それだけの予算があるのならば、もう少し着ぐるみの見た目をどうにかすべきだ。随分とバランスが悪いと私は思った。

「うん？　何やってるんだ？　秋山君どうなってる」

「え？　ああ、はい」

横峰と秋山が目の前に並べられた機材を確かめた。

「いや、あれ？」

秋山が混乱している。画面上では犬が踊るように手足を激しく動かしている。何かを慎一郎に伝えようとしている。

「何をしているんですか？」

と私が訊いても二人には答える余裕がなかった。

「あっちのスイッチですよ」

「入ってないのか」

横峰が眉をひそめる。

「バッテリーの消耗があるからマイクのスイッチは直前に入れることにしてたんです。でもこっちの指示じゃなく出てっちゃったからスイッチを入れるタイミングがなかったんですよ」

「自分たちで入れてないのか」

「一応は言ったんですが、勝手にいじられるのも、あれなんで……僕がやりますって言っちゃったんです」

怒りに満ちた口調で秋山は言い切り、三浦を見た。

「マイクのスイッチ。スイッチが入っていないみたいです」

三浦はトランシーバーをピタリと口につけ言った。

「無理です」

とぶっきらぼうに言ったのは秋山だった。

「スイッチは着ぐるみの中にあります。一旦脱がないとスイッチは入れられませんから」

「じゃあ、どうするよ。マイクが使えないと二人の台詞が慎一郎君には聞こえないだろう。伝えるべきことが伝わらないだろう」

横峰が怒りを露《あらわ》にして言った。

画面の中では、犬と猿が動きを止め立ち尽くしていた。それを慎一郎も何するでもなく呆然と見つめている。犬猿の二体は、自分の声が届いていないことでどうすればいいのか分からないでいるのだろう。トランシーバーからの指示をただただじっと待っているに違いない。だが、指示をする側も困惑していた。

「だから言ったでしょう。こちらの指示で動いてもらわないと、こういう事態になるんだ」

あからさまに横峰は三浦を責めた。

「我々は患者を第一に行動したまでです。マイクのスイッチが入っていなかったのは、そちらの問題で我々の関知するものではない。言いがかりはよしてもらいたい」

「船頭は二人はいらない。勝手な判断は迷惑だ」

「勝手な判断って、私は医師として」

「だったら！」

横峰は強く三浦の言葉を切った。

「ちゃんと患者の容態を見極めて指示すべきじゃないですか。見もせず一方的に指示を出した」

「あなたね、指示といっても投薬とかの処置を施したわけじゃない。容態を診るためのものです。処置以前のものだ。あなたが言うように容態を見極めるための行為です。それのどこが間違いだと言うのだ。いいですか、今、ここで見る限りは問題ない。その問題ないことは結果的にであって、そうでなかった場合は一大事です。先ほども言いましたが、このイベントはあなた方の企画で、あなた方の主導であることは理解しています。ですがね、慎一郎君に関しては私の判断で決めさせてもらう。彼に万が一のことがあってからでは遅いんです」

「それぐらい分かっていますよ。ただね、あなたは私の計画をぐちゃぐちゃにした」

「言いがかりでしょう」

「犬と猿が仲間になり、次の展開が始まるんです。それがもう出来ない」

「あー！」

突然秋山が叫んだ。

「滅茶苦茶だよ」

テーブルに頭を強打しそのまま秋山は伏した。

「あっ！」

目の前に飛び込んで来た光景に思わず私は声を出してしまった。横峰や三浦はもちろん、伏していた秋山も身を起こし私の視線の先にあるモニターを見た。

「あっ！」

次に声を出したのは秋山だった。

「嘘だろう」

と横峰が言った。

モニターの中で薄汚れた犬が倒れていた。しかも頭の部分と体の部分が分離している。転んだ拍子に頭が取れてしまったのだ。どう対処していいものか、横では猿がオロオロしている。

「慎一郎」

と私は前へ出て画面を見た。遠くて表情がよく分からない。

「アップにして」

秋山が中央にあるモニターを遠隔操作した。画面に慎一郎の占める割合が増えて来る。

「止めて」

バストショットで画像は止まった。立ち止まったままであるから慎一郎の表情はしっかりと伝わってくる。倒れた犬を凝視した慎一郎は眉をひそめたまま微動だにしない。相変わらず猿はオロオロするばかりで、倒れた犬も頭を失ってしまったので顔を上げることが出来ないでいた。事務室でモニターを見つめるスタッフも同様で、腕をこまねくばかりであった。どこからともなく溜め息が流れた。

「あれ？　笑っている」

と私は思った。しかめ面《づら》をしていた慎一郎の表情はゆっくりと緊張を解き、優しく微笑んでいるように見えた。

「笑ってる」

確信は言葉として出た。

「えっ？」

事務室にいる皆が訊き返し、すぐさま画面を見た。

「ほんとだ、笑っている」

倒れて頭が取れた犬が可笑《おか》しいのか、慌てている猿の動きが可笑しいのか、いや違う。慎一郎が笑っているのはそんなことじゃない。

「ナニガ　オカシイ？」

「タシカメ　ナケレバナラナイ」

「私が行きます」

そう言うと、モニターから目を外した横峰が私の目を見た。

「あなたが？」

「どうすればいいのか、教えて下さい」

「どうすればって、段取りがもうグチャグチャになってしまった」

「だから、立て直すしかないじゃないですか」

「立て直すも何も」

「何とかするしかないじゃないですか」

「失礼ですが、何も知らないあなたが行っても状況が変わるとは思えない」

「私はあの子の母親です」

その言葉が口蓋《こうがい》で響くのと同時に、外から耳へ入り込み鼓膜を揺らした。安っぽいカラオケ屋のように二つの音が大袈裟な残響を生んだ。そして胸がムカムカしてきた。何かに似ている。この感覚は以前にも体感したことがある。何だろう。そうだ、慎一郎を身ごもった時のつわりだ。あの時ほどひどくはないが、軽い吐き気を覚えた。

第十一章

黄金色のススキ

一メートル数十センチはあろうかというススキは思いのほか行く手を阻んだ。穂の白い毛が顔に当たりくすぐったい。見えるのはどんよりとした空だけで、まるで海で溺《おぼ》れているかのようにススキが視界を妨げる。大人の私でさえ大変なのだから、小さな慎一郎は尚更だったろう。私はまだ浮き沈みをしながらも若干の視界を得ることが出来たが、慎一郎にとって自分の背丈よりも高いススキはまるで海中を潜っているようだと思う。右も左も分からない。傍《はた》から見ているのとは違いその不安は相当のものだということが、ススキの中に入って初めて分かった。

「左にずれています。右方向に向かって下さい」

右耳に入れたイヤホンから横峰の声が聞こえた。

「あと五〇メートルもないと思います」

平泳ぎをするように両手を前へ突き出し、歩調と合わせて手を広げ、私は草をかき分けた。少し行くと細い獣道《けものみち》が現れた。慎一郎、遅れて犬と猿が踏みしめた跡だろう。足取りが軽くなる。

随分と時間が流れたかのような錯覚に陥ったが、倒れたままの犬を見た瞬間そうではないことを自覚した。モニター画面で見たままの姿で犬は伏し、相変わらず猿は落ち着きがなかった。同じままの光景がそこにあった。

「フッチーさん」

薄汚れた犬に私は声をかけた。体をビクンとさせ勢い良くフッチーは顔を上げた。

細く垂れた目尻から下は泥まみれになっていた。

「お母さん」

今にも泣き出しそうだった。

「大丈夫です。大丈夫ですから」

こういう時の優等生的発言は手慣れたものだ。自分でも惚れ惚れする。毎日がそうした訓練の日々であるのだから当然なのかもしれない。私は感情を表に出したりはしない。ただ心の中では、このドジな女を軽蔑していた。いや厳密には軽蔑などしていない。軽蔑や侮辱、それに対する尊敬などは、その人に対しての思いがあって生まれ出てくるものだ。私はこの女に何の思いも持ち合わせてはいない。だから、真っ白な画用紙に絵の具を落とすように何でも描くことが出来る。

「すいません。私ドジだから」

「いいのよ、大丈夫」

笑顔を私は見せた。フッチーにとっては天使の微笑みだったに違いない。彼女を一瞬にして地獄に送り込む表情と言葉を私は持ち合わせているが、それは必要な相手にだけ向ける。こんな女にはもったいない。

「慎一郎君は？」

猿の頭の中からゴソゴソ聞こえる。

「赤塚さん、もう慎一郎はいないから頭を外して下さい。何を言っているか分からない」

こいつもどうでもいい。こんな新人に大役を任せたこと自体、大きな間違いだ。誰がどのような理由で決めたのかは知らないが、この二人であればこうなることも驚くべきことではないように思える。ふと看護師長の顔が浮かんだ。甘ったれた考えを持たない彼女ならこの二人を任命するだろう。師長にはどうでもいいテレビ局の企画だ。ただでさえ手が足りない病院から有能な人材を茶番に出向かせる余裕などない。どうでもいい二人が選ばれたのだ。

化粧っ気がないが若さなのだろう、赤塚の肌は艶やかだ。その頬に何筋も涙の跡が見受けられた。瞼《まぶた》は熟れ始めた桃のような赤みを帯びている。〝うさぎちゃん〟とでも呼んでやりたくなるように目は真っ赤だった。猿が手にしていた弓を私は奪い取った。彼女たちの役目はこの弓を慎一郎に渡すことだった。ゲームの中にも出て来る〝勇者の弓〟これで魔物を打ち取る。ロールプレイングゲームは数々の段取りを経て魔物と対峙する。その段取りが犬と猿と出会い〝勇者の弓〟を受け取ることであった。しかし、犬は早々に倒れ、猿もマイクのスイッチが入っていなかったから使命を果たせなかった。

「先生に言われて慌てて」

赤塚はスイッチを入れなかった言い訳をした。

「すいませんでした」

「大丈夫」

「慎ちゃんが心配で心配で」

人は不安だったり嘘を言う時に言葉を繰り返すという。〝大丈夫大丈夫〟〝知らない知らない〟〝聞いてない聞いてない〟と。赤塚は「心配で心配で」と繰り返した。嘘ではないだろう。実際に心配であったはずだ。だが自分の行動を正当化するため心を悩まし、言葉が重なった。

私は敢えて、

「大丈夫、大丈夫」

と言葉を重ねて聞かせた。

ドジを踏んだ二人に私は安心を与えた。これで充分だ。二人の中では最上級に〝良い母親〟が育《はぐく》まれる。今までそうして来たように聖母のような微笑みだけを残し私は慎一郎を追った。

いつもならば完全なる充足感に満たされるのだが、この日の私はちょっと違った。何かが引っかかる。心の中に澱《おり》を感じた。

「何なのだろう」

先ほどのつわりのような胸焼けといい、屋外劇場を後にした時の目眩といい何かが変なのだ。ただ、どう変なのか？　よく分からない。そしてふと脳裏に疑問が浮かんだ。

「ワタシハ　ナニヲ　シテイル？」

そうなのだ。私の行為はおかしい。半ば横峰に押し切られるように乗せられた番組企画に過ぎない。ずっと茶番だと思っていた。元々乗り気ではなかった。現にこの遊園地に来てからも、仕組まれた嘘の世界で勇猛果敢に走り出した慎一郎を不憫に思っていた。いくつものカメラが慎一郎を追いかけている。曝し者になっている自分の子供が嫌だった。

ならば、こんな茶番は終わりにした方がいいのでは？　そうだ。止めてしまえばいい。そうなのだ。なのに私は今、自らこの安っぽい物語を続けようとしている。それは慎一郎が笑ったわけ、それを私は知りたい。一度ならず二度も彼は笑った。一度目はカメラを見て、二度目は倒れた着ぐるみを見てだ。共通しているのはカメラの先にも、着ぐるみの中にもこの計画を企てた大人たちがいるということだ。慎一郎は大人たちに向かって笑った。いや、大人たち〝を〟笑ったのかもしれない。いずれにしても私は慎一郎の真意が知りたかった。

慎一郎が踏みならしたとはいえススキは私の体にまとわりついた。あざ笑うかのように頬を次から次へと撫でる。まるでススキに弄《もてあそ》ばれているような屈辱を私は感じた。

急ごうと足取りを速めるが不安定な地面に足を取られる。気を抜けばフッチーのように前のめりに倒れてしまうだろう。右手に持ったただの弓を鎌のように揺すり、私はススキをかき分けた。

随分と長い時間に感じたが、ススキの原を抜けるのに、あとから考えると一〇〇メートルにも満たない距離だったと思う。

一気に広がる視界。ススキに覆われて気がつかなかったが、抜けた先は小高い丘の上だった。なかなか進めなかったのはススキが邪魔していただけではなく上り坂だったからだ。

振り返ってみた。垂直に降り注ぐ光で、丘の上から見るとススキ原は黄金色に輝いていた。あれだけやっかいに思えていたススキが目映《まばゆ》いばかりの光を放っていた。前方へ目を戻すと緩やかだが傾斜はさらに続いている。左手には等間隔に鉄塔が立ち峰へと続いていた。鉄塔には長いロープが巡らされていた。雪が降ればロープにはゴンドラがぶら下がりスキー客を運ぶのだろう。ススキ原を抜けるとそこは遊園地に併設されたスキー場だった。

小さな姿が見えた。既に慎一郎はゲレンデの中腹にいた。私は膝を高く上げ前へと急いだ。

「慎一郎!」

と叫んでみたが、まだ声は届かない。歩幅をさらに広くし傾斜を登った。普段の運動不足がたたってかかなりきつい。息も荒くなってきた。慎一郎は大丈夫なのだろうか。ろくに運動をしたことがない。ススキをかき分け、この傾斜を上るだけでも相当体力を消耗するはずだ。どこにそれだけの体力、いや気力なのか。一〇〇センチにも満たない体のどこにそれだけのものが蓄えられているのだろう。屋外劇場に向かう時、たったの三〇メートルほど駆けただけで青い顔をしたと見えたのに、慎一郎は私が追いつけないほどの速さで進んでいた。

「慎一郎!?」

精一杯の大声を出してみた。慎一郎が止まる。そして後ろを振り返った。私は息を吐き出すのと同時に足を出し、息子に近づく。

「ハアハア」

と息が声になる。やっとのことで慎一郎が待つ場所に辿り着いた。

「大丈夫?」

と言ってきたのは慎一郎の方だった。

「そっちこそ大丈夫なの？」

「平気だよ」

強がりではなかった。満面の笑みを浮かべて慎一郎は答えた。私はドキリとした。慎一郎のこんな笑顔を見たことがなかったからだ。自信に満ち大人びた笑顔だった。五歳の男の子。自分の息子である。なのにどこか遠い存在に思えてしまう。いや、普段から距離を置いて付き合って来た。過度な愛情を与えてはこなかったし私も得ようとは思わなかった。

「ナンダロウ　コノカンジ？」

私は不安に包まれた。

「タスケテ」

心の奥底での呟きが聞こえた。

「助けて？」

自分でも分からない。私は誰に救いを求めているのか。


「タスケテ」


気のせいではない。確かに心の奥底で私は叫んでいた。そして目の前の慎一郎が歪んだ。小さな光に包まれた慎一郎の姿が変形していく。

「慎一郎！」

泥人形のようにぐにゃりと曲がり違う姿を見せ始めた。悲しい目をした小さな女の子だった。それは二五年前、雪が降る日に母親に捨てられた私自身だった。目にいっぱいの涙を溜めた女の子は私に言った。

「タスケテ」

と。

私は、

「慎一郎！」

と叫ぶ。何がどうなっているのか私には理解出来ない。混乱した。そして強い吐き気を覚えた。気が遠くなっていく。気が薄れる中、

「ママ！　ママ！」

という声が聞こえた。慎一郎だ。少女の姿は消え、心配そうに慎一郎が私を見つめていた。

「ママ、大丈夫？」

「え？」

軽い目眩が残り、まだ気が動転していた。

「僕はここにいるよ」

「え？」

「大きな声で呼んだから」

「あ、ごめんなさい」

「ママが仲間になってくれるんだね」

「え？」

「魔物を倒して、かえでちゃんを助けなきゃ」

そうだ、私たちはまだ物語の中にいるのだ。幼い子供の夢を叶える。そのために私たちはこの魔界に支配された遊園地に来たのだ。稚拙《ちせつ》な茶番であろうとも結末まで辿り着かなければならない。

この子が今、考えていることは何なのか。大人たちを小馬鹿にしたようにあざ笑った顔が忘れられない。この子は何もかもを知っているのかもしれない。それなのに、物語を必死で成立させようと誰よりも思っている。それはどうしてなのか。それを私は知らなければならないと思った。

「この先なの？」

私は気を取り直して慎一郎に訊いた。

「そう、この山の頂上が魔物の巣窟なんだ」

「難しい言葉知ってるね」

「え、なに？」

「巣窟って」

「だってゲームに出て来るもの」

「そうなんだ」

初めてゲームのことを聞いた。私は息子がやっているゲームのことを何一つ知らない。興味がなかった。いや、ゲームだけじゃない。息子にも興味を持とうとはしなかった。

「行くよ、ママ」

慎一郎は私の手を取った。冷たくて小さな手だった。頂《いただき》はまだまだ遠い。相当に疲れた。それは慎一郎も同じはず。でも進まなければならない。先へ行かなければ何も解決はしないのだから。

後で聞いた話だが、私が事務所を飛び出した時、横峰は大声を張り上げたらしい。

「よーし、これからがいよいよ本番だぞ。きっちり二人を狙え」

私たち親子、いや私はまんまと策略に嵌った。すべては横峰が書いた筋書き通りに進んでいた。

第十二章

親子

握りしめられた手は、大きい方も小さい方も寒風に曝され冷たかった。立ち止まり温かな息をその小さな手に吹きかけたい、と思ったが出来なかった。先ほどから湧き起こっている不快感がそれを拒ませる。穏やかな感情に重なるつわりのような気持ち悪さだ。

「大丈夫？」

五歳の息子が私の顔を覗き込んで言った。

「そっちこそ」

「僕はぜんぜん平気」

少し前にも同じような会話をした。生まれてこの方、ほとんどを病室で過ごして来た。いくら子供だからとはいっても、そろそろ体力の限界だろう。健常者である大人の私でさえ息が切れている。

「もう少しだから」

「え？」

と私は訊き返した。子供ながらに慌てた表情を見せた。

「多分」

まるで大人のようなごまかし方だ。やはり慎一郎は何もかも知っている。このテレビ番組のために仕組まれた一切合切を子供ながらに知っているのだ。知っていながら慎一郎は大人に歩調を合わせ、自分の役割を演じているのだ。

慎一郎は前へ出て私の手を引いた。私は手を引っ張られながら進む。握りしめているうちにお互いの手からそれぞれに温もりが伝わって来ていた。

顔面に寒風が突き刺さる。冷たさを通り越して痛い。得体の知れない不安が私を包み込み、不快感は払拭出来ないでいた。ススキで覆われた坂を上り続ける。太腿が張り膝を上げるのが重い。だが、不思議なことに辛いとは思わなかった。

「ママが先に行く」

慎一郎の手を握ったまま、私は前へ出てススキを薙《な》ぎ倒し進んだ。体にまとわりつくススキを左手で大きくかき分ける。斜めに倒されたススキを足で踏みしめ進むべき場所を開く。一歩一歩しっかりと踏みしめた。足が疲れて重かったからではない。親子二人で踏みしめて行かなければならない道だと私は思った。私の手が包み込む小さな手の体温がそう思わせた。

頭上でゴトゴトと音がした。スキーリフトが動いていた。

「助けてー！」

女の子の声がした。かえでだ。連れ去ったデーモンナイトの大佐とその部下に挟まれ三人乗りのチェアリフトに乗っていた。

「慎一郎君！　助けて！」

慎一郎が見上げるその真上でかえでが叫んだ。その声は静まり返ったスキー場内にこだました。

実にタイミングが良いと思った。とっくに屋外劇場を飛び出した悪者と人質は多分、お茶の一杯も飲む余裕が充分にあったことだろう。我々親子がススキの中から抜け出すのを見計らってリフトに乗り込んだに違いない。そして私たちの頭上に来るまで身動きせずにタイミングを見計らう。かえでが「助けてー！」と言ったのを合図に両隣にいる男たちが悪漢を演じる。そういう段取りだろう。

リフトはもう随分と遠くまで行ってしまった。

「急ごう」

台本があればそう書かれていたに違いない。

ゲレンデ案内の看板が立っていた。天然木の看板には〝ファミリーコース〟と彫られていた。小さく〝初心者コース　平均斜度8度〟と焼き印されていた。平均斜度が八度というのがどういうものなのか私には分からない。ただ〝初心者コース〟の文字が私の気持ちを少しだけ軽くしてくれた。

リフトの先に監視小屋が見える。その後ろではリフトのロープを動かす大きな輪がレコード盤のようにグルグルと回っていた。

「バン！　バン！　バン！」

突如、閃光《せんこう》が上がり爆音が轟いた。

私たちを囲むように四方で花火が上がった。ライブやイベントで使用される低温花火だろうか。最後の決戦を前に盛り上げる演出なのだろう。事務室のモニター前で秋山が気持ち悪い笑みを浮かべ、横峰がガッツポーズをする姿が思い浮かんだ。

「何考えてんだ」

「えっ？」

と慎一郎が私を見た。

「何でもない」

大きな声を出してしまったようだ。番組を盛り上げるための演出であることは分かる。しかしだ。心臓疾患のある子供を前にすべきことじゃない。健常者の大人でさえ突然、花火など打ち上げられたら驚いてしまう。慎一郎の場合は、万が一だが取り返しのつかなくなる事態に陥るかもしれない。

「大丈夫です。そのために三浦先生に待機してもらっていますし、事務所の裏手には救急車もスタンバイしていますから」

と横峰は言った。でも集中治療室があるわけではない。万が一とはいえ、最悪の事態だって想定出来る。絶対にないわけではない。

「？」

変だと私は思った。これは綿密に練られた計画であるはずだ。横峰だって五年間も慎一郎を取材して来て、心臓に負担がかかることがどれだけ危険なのか分かっている。そもそも病院だって入念に企画を審査しただろう。慎一郎の体に危険が及ぶような仕掛けを容認するはずがない。脅かし以外の何物でもない花火をどうして仕掛けたのか。

「？」

花火だけではない。よくよく考えれば屋外劇場でのショーだって花火ほどではないにせよ、驚く場面がいくつもあった。だが台本を読んでいたので私は驚かなかった。何が起きるか前もって知っていたからだ。

「前もって知っている？　知っているから驚きはしない」

そうだ。慎一郎はやはり知っている。これが仕組まれたものであることを息子は知っているのだ。しかも進行のすべてを知っているに違いない。そう考えると納得がいく。心臓に負担がかかると思われる事態も息子は冷静に対応して来た。それは一度や二度ではない。何度もだ。横峰らテレビ制作者の強引とも思える進行。それを出演者が前もって理解していれば問題はなくなる。そして一番は病院だ。もしも慎一郎の容態が悪くでもなれば、一番の責任は病院だろう。病院として知らないところで勝手にやられたのならば言い訳も出来るだろう。だが、病院は企画を許諾し医師を派遣した。看護師が着ぐるみに入って参加することまで認めている。逃げも隠れも出来ない状況に追い込まれている。しかし、慎一郎の容態が絶対的に悪くならない。もしくは具合が悪くなったとしても責任逃れ出来るのはどういうことか。

それはすべてが寸分違わず台本通り、予定通りに進行して行くということではないのだろうか。

「ナニモカモ　ガ　シクマレテイタ」

そうだ。そうに違いない。知らないのは慎一郎じゃない。

「シラナイノハ　ワタシ」

知らないのは私なのだ。私だけが知らず、周りは予定通りに展開している。私がこうしてゲレンデを登って来たのも〝予定外〟ではなく〝想定内〟だったのだ。

「デモ……ナゼ？」

再び爆発音が轟いた。今度は閃光ではなく、炎が上がった。私たち親子を取り囲み火の手が上がる。三六〇度炎が上がっている。逃げ道はない。私は慎一郎を見た。子供なりに不安げな表情を見せるが決して驚いてはいない。状況を打開する策を模索しているかのような顔をしてみせた。これが芝居だとしたら慎一郎の演技力は、あのかえでという女の子以上ではないかと私は思った。

「ママ、勇者の弓」

「え？」

「それ」

と私の背中を指差した。襷《たすき》がけに背負っていた。猿の赤塚から受け取った弓矢だ。

「ちょうだい」

言われるがままダウンコートと一体化していた弓矢を大きく伸びをするようにして剝がした。

「はい」

「サンキュー」

弓矢を手にした慎一郎が言った。その口調の軽さに違和感を覚えたが、私は何も言わなかった。一面炎に囲まれた場面で何をしようというのか。もはや考えても始まらない。すべては私の知らない所で話が進んでいる。この展開も決まった出口がある。だから慎一郎は私に弓矢を要求したのだ。私はこれから起こることを傍観しようと決めた。横峰が敷いたレールを慎一郎がなぞっている。今までこの番組はあくまでもドキュメンタリーとして成り立ち、自然な慎一郎をカメラが追った。でも今は、すべてが決まり事として約束されカメラが回されている。

「ワタシダケガ　シラナイ」

横峰が言った言葉が蘇った。
「僕は慎一郎君をこの五年間追って来ましたけど、それは同時にあなたも五年間見続けて来たということなんです。あなたがどういう人か少しは分かっているつもりです」
園内に設置されたカメラ。それは慎一郎を捉えるのと同時に私をも狙っていたのだ。架空の冒険に興じる子供ではなく、難病の息子を気遣う母親像、それが横峰の狙いなのだ。慎一郎ではない。私がターゲットなのかもしれない。

「ワタシダ」

「ミンナ　ワタシヲミテイル」

慎一郎が叫んだ。

「我こそは伝説の勇者なり。幼気《いたいけ》な少女を連れ去った悪魔帝国の愚者よ。僕が成敗してやる」

五歳の子供が言うべき言葉ではない。〝イタイケ〟や〝グシャ〟などは大人でも言わない。ゲームで覚えたのか横峰が用意した台詞なのか。どちらにしても慎一郎自身の言葉ではない。

顔を歪めながら慎一郎は弓を引き放つ。矢は炎の中へと消えた。その瞬間、地面から大量の水が噴出した。水の勢いは炎に勝り、一気に鎮火する。ちょっとした魔法を見ているように鮮やかだった。随分と手が込んでいる。相当お金がかかっているのではないかと、ついつい下世話なことを考えてしまう。

「ママ、行くよ！」

「え？　あ、はい」

慎一郎に遅れまいと小走りになったところで私は転んでしまった。茂った草に隠れて地面にはいくつも鉄のパイプが巡らされていた。一つは水が流れ、もう一つは多分ガスか何かが流れるのだろう。これが火と水を作り出していたのだ。そのパイプに足を取られた。

「大丈夫？」

慎一郎が駆け寄ろうとした。

「大丈夫だから」

語気が強い。慎一郎は言葉に押されて立ち止まった。私は今更ながらパイプの存在を慎一郎に知られたくないと思った。いや知っているのだ。慎一郎は何もかもを知っている。どうして火が上がり、それがどうやって消えるのかも知っているに違いない。ましてや先にいる慎一郎は、このパイプを跨《また》いで行ったはずだ。それなのに私はごまかそうと必死になっていた。自分でもバカみたいだと思った。

「何を今更……」

と言葉が心から漏れた。

立ち上がろうと上体を起こした。鉄パイプのジョイント部分がダウンコートを引っ掻いた。一本の線を描きダウンコートの裾の部分が裂けた。その切り口から詰められていた羽毛が飛び出してきた。スローモーション再生しているかのように、羽毛はゆっくりと私の周りに浮かんだ。その時、雲の切れ間から太陽が顔を出し、光は羽毛を輝かせた。

光のベールに包まれた私を見た横峰が言ったそうだ。

「いいねえ。羽毛が舞う。最後の一四、キジの登場だ。これでやっと鬼退治が出来る。さあクライマックスだ」

両手を握りしめガッツポーズを横峰はとり、その横で秋山は鼻息荒くニヤついていたらしい。

「大丈夫？」

と慎一郎が言った。

「破けちゃったけど大丈夫」

「羽根だ」

「安物だから」

会話がかみ合っていないとは思ったが、慎一郎と私はゆっくりと落下して来る羽毛を見ていた。静かな時が流れて行く。

「行くよ」

「あ、は、はい」

雪のないゲレンデを慎一郎は登って行く。その小さな背中を私は追った。


熊と見間違ったそれは、身の丈は三メートルにものぼり、全身が黒い毛で覆われていた。爪は鎌のように鋭く伸び、口元にはアフリカ象のような雄々しい牙があった。目は真っ赤で光を放っている。耳も長く尖《とが》っていた。よく見ると巨大なオオカミのようでもあるが、今まで見たこともない生物、いや着ぐるみだった。

ゲームの中に出てくる魔物〝デーモンフェンリル〟。北欧神話に登場するオオカミの姿をした怪物フェンリルをモチーフにしている。神話では大きく開いた口は上顎が天にも届き、鼻からは何物をも焼き尽くす炎を噴出するという。

作り物とはいえ充分に迫力があった。

「慎一郎君！」

女の子の声だ。デーモンフェンリルの後ろで大佐がかえでを羽交い締めにしていた。かえでは目から涙を流している。目薬ではない。迫真の演技で溢れた涙だ。隣で大佐は身振り手振り大きく何かを叫んでいた。それに向かい慎一郎は弓を構えた。緊迫した局面のはずだが、私はそれをボーッと眺めていた。目の前で起きていることなのになんだか映画を観ているように錯覚した。

「トオイ　モノガタリ」

デーモンフェンリルが大きく口を開き雄叫びを上げた。大佐は血眼《ちまなこ》になり叫ぶ。かえでは泣きじゃくったままだった。対峙する慎一郎は弓に矢を番《つが》える。それらがコマ送りで見えた。カキカキとした断片的な映像だった。

「あれ？」

他にもう一人いる。弓を構える慎一郎に駆け寄る女がいた。切り裂かれたダウンコートから羽毛が飛び出している。

「私だ」

と私は思った。私を見ていた。必死に私に息子にしがみついた。何かを言っている。何だろう？　私が何を言っているか私は聞き取れない。

「大丈夫だよ。僕は負けないんだ」

　と私に慎一郎は優しく微笑んだ。

「ママ、あのね」

　穏やかな口調で慎一郎は語り始めた。

「僕はかえでちゃんを助けるために、魔物を倒すために来たの。それはね、いつもやっているゲームと同じ。ゲームはね、たとえ倒されてもリセットボタンを押せば、また続けられる。コンティニューのボタンを押せば、ずっとやれるの。それはね無敵なの。たとえやられても、またもう一度出来る。生き返れる。それって死んでないの。死なないんだ。生き続けて必ず勝つことが出来る。だから僕はいつもゲームをやっているんだよ。やられそうになったら自分で止められる。ゲームはね、自分の物語なんだ」

　五歳の子供だとは思えない落ち着きだった。

「僕にはリセットボタンがある。あるんだよ」

満面の笑みを慎一郎は浮かべていた。

「僕は手術を受けたい。手術を受けるには、魔物を倒さなければならないんでしょう？　そうでしょう？　このテレビが放送されたら、僕は手術を受けられるんでしょう。手術で無敵になれるんでしょう」

慎一郎はやはり何もかもを知っていた。この遊園地での仕掛け。大人たちの思惑。自分の病気と、ままならぬ運命。子供だから分からないだろうと高をくっていたが、誰よりも理解していたのは彼自身だった。

構えていた弓矢は魔物を狙っていたわけじゃない。慎一郎は自分の未来に向け狙いを定めていた。このやるせない現状を突き破るために矢を放とうとしていたのだ。オオカミのような魔物を倒す。慎一郎は仕組まれた嘘を最後まで貫こうとしていた。嘘で救われるなら、嘘でもそれをつき通そうとしていた。私の右手が震える。慎一郎から伝わる震えではなく、私が震えていた。

「ワタシハ　ミスカサレテイタ」

瞬きをすると景色がぼやけた。目に涙が溜まっていた。悲しいのか苦しいのか、自分の感情が分からない。でも涙が出た。どこかで私自身のバランスが崩れて来た。

母が出て行った雪の思い出が浮かんだ。

本当は誰よりも私は家族が欲しかった。失った家族。家族の温もり。憧れていた。小学生の頃、教室から見たグラウンドの光景。私には眩しすぎた。運動会。運動場を囲むようにゴザやレジャーシートが敷き詰められ、太巻きや鳥の唐揚げ、イチゴにメロン。それを頬張る同級生たち。その周りには決まってそれぞれの家族が取り囲み、みんな笑顔でいた。校舎の三階にある教室から見えた沢山の家族。羨《うらや》ましかった。でも私がいるのは誰もいない一人ぼっちの教室だった。何人かの同級生が一緒に昼食をとろうと誘ってはくれたが、そうする自分が許せない。負けたくない。家族なんてなくても強く生きる。その思いが醜く肥大し今の私を作ったのだ。

「ワタシ……サミシカッタ」

家族が欲しいという気持ちを私は殺して生きて来た。でも多分、それも思い込んでいただけで、心の奥底では家族を欲していた。だから私は子供、慎一郎を産んだのだ。本当に子供が欲しくなかったのなら、たとえ自分の体が傷ついていても中絶していただろう。でも私は慎一郎を堕《お》ろさなかった。

「ホントウハ　カゾクガ　ホシカッタノダカラ」

ただ素直に喜べなかった。自分でも気づかないほど私の心は歪んでいた。素直になれない自分がいつもいた。

そして慎一郎の病気。苦労して摑む未来を考える余裕はなく、厳しい現実に私は打ちのめされた。辛く重い毎日を忘れるため、私はさらに自分の気持ちを慎一郎から遠ざけたのだ。

「でも、それは本心じゃない」

一〇ヶ月も同じ体で生きていた。一緒だった。慎一郎と私は一つの人間だった。

慎一郎の腕を掴んだ私の手に、彼の鼓動が伝わってくるように感じた。小さな心臓の頼りない鼓動。私の体の中でも聞いた心音。


「ごめんね」

「………………」

「ごめんなさいね」

と私は言った。私の母が言ってくれなかった言葉を私は自分の息子に伝えた。霞《かす》む視界の中、少しだけ慎一郎が微笑んだように見えた。

私は涙を拭い、慎一郎が持つ弓矢の弦《つる》を掴んだ。

「一緒に引くよ」

「え？」

と慎一郎は訊き返した。

「やっつけるよ」

「うん」

大きく慎一郎は頷いた。

弦に重なる二つの手。

「せーの」

私と慎一郎は力一杯、弦を引いた。

「行くよ」

「うん」

「せーの」

手を離す。矢は未来へ向け真っ直ぐに飛んだ。

第十三章
ファミリーレストラン

あれから二週間。横峰から連絡があった。仮編集が出来たので、それを確認してもらえないかとのことだった。ＤＶＤに焼いた番組を渡したいと言って来た。

私は放送局へ出向くと言ったが、横峰は私の職場近くにあるファミリーレストランを指定した。そこは五年前、私たちが初めて出会った場所だった。

「とりあえずコーヒーでいいですか？」

「え？　あ」

「他のものにします？」

「いいえ、コーヒーでいいです」

半ば強制的にコーヒーに決められてしまった。以前もそうだった。横峰は席に着くなり「コーヒーでいいですね」と私に何も言わせなかった。今回、疑問符を付けてくれた分、私たちの距離は縮まったのかもしれないが、だからと言って心から笑い合える間柄になるには一生を費やしても無理だろうと思う。

「これ」

アルファベット三文字。放送局名が印刷された書類封筒を横峰は差し出した。

「まだ仮編集なので、ＢＧＭやナレーションは入っていません。自分で言うのもあれですが、結構面白く仕上がっていると思います」

言葉とは裏腹に横峰の表情は冷めていた。本当に出来がいいのなら、いつものように暑苦しく、そして長々と説明するはずだ。

封筒の中には透明のプラスチックケースに入った真っ白いＤＶＤが五枚あった。

「五枚？　どうして」

と私が訊ねた。

「過去に放送した分も改めてＤＶＤに焼いてきました」

「一応、私も録画して持っていますよ」

「まあ、そうだろうとは思ったんですけどね。今回放送分に至るまでは過去の五年間があってこそですから。番組としてはこれで一応、完結してしまうんですけど、何だろうなあ、繋がっているんですよね。過去があって今があるわけで、そして未来へと繋がる。何言ってるんだろう。当たり前のことですね。うん、当たり前だ」

いつもと違う印象を私は受けた。

「何だろうな、何が言いたいんだろう、俺」

でも横峰は私に言いたいはずだ。彼が感じて来たこの五年間の思いを、私に吐き出したいはずだ。だからこうして私を呼び出したに違いない。私はただ横峰の言葉を待った。

「慎一郎君は……元気ですか？」

私は小さく頷いた。

「元気って訊くのも変ですね」

「もう、横峰さんが来ないので寂しくしています」

「そんなことないでしょう。うっとうしいのがいなくなってセイセイしているんじゃないですか」

「いや、日常が変わってしまったんです。それは大きなことです」

「日常が変わる？」

と横峰は訊き返して来た。

「はい。物心ついた時から毎日、慎一郎はカメラを向けられていたんです。横峰さんに見られているというより、彼はその先にいる視聴者の視線も感じていたんです。見られている意識。それがなくなって、何だろう？　拍子抜けしたというか……」

「見られている意識か」

コーヒーが運ばれて来た。ミルクも砂糖も入れず、横峰はコーヒーをすすった。私はスプーンの横に添えられたスティック状の砂糖の封を切った。

「あなたはどうですか？」

私の手が止まった。

「あなたは、見られている意識から解放されてどうですか？」

「私？」

横峰はじっと私の瞳を見ている。

「あなたもずっとカメラを意識して来た。違いますか？」

「…………」

「カメラの前でどう振る舞うかを常に考えていた」

砂糖がコーヒーの中へ流れ落ちる。

「母として、どう思われるか。どう見られるかをずっと考えていましたね」

三グラムしかない砂糖はあっけなくコーヒーの中に沈んだ。

「何が言いたいんですか？」

「分かっていますよね」

「何を」

「この二週間、いつあなたから連絡が来るのかビクビクしていました」

横峰が何を言わんとしているのかだいたいは分かる。しかし私は、

「どうして私が連絡するんですか？」

とはぐらかした。

「放送しないでくれ、そう言われるんじゃないかと思いました」

私はスプーンでコーヒーをかき混ぜた。一回、二回。砂糖はなじんだだろうか。飲んでみればすぐに分かるのに、私はカップに口を付けずにいた。

「前にも一度言ったことがあるんですが、僕はこの五年間、ほぼ毎日慎一郎君を取材して来ました。それは同時に母親であるあなたをも五年間見て来たということなんです。仕事柄いろんな人を見て来ました。本当にいろんな人がいるんです。立派な人もいれば、どうしようもない奴も……本当に様々です。でもね取材をしていて辿り着くのはいつも同じ」

「同じ？」

カップからスプーンを取り出し受け皿に置いた。

「解放感から来る笑顔なんです。それぞれがいろんなものを背負って人間は生きている。それに僕らはカメラを向ける。でもね、カメラを向けられた方は、あなたの言うところの見られている意識ですか。それが常にあってぎこちない。我々としては出来るだけカメラを意識させないようにするか、もしくはカメラそのものを被写体の日常に入り込ませる。そうするしかないんです。人によってはすぐに打ち解けて、見られている意識もすっと消えてしまう人もいます。ただだいたいは時間がかかる。根比べです。でも、その見られている意識から解放された先にね、屈託のない笑顔を見せてくれる」

「笑顔？」

「みんな笑うんですよ。以前、自殺問題を取り上げた番組を作った時、一家の大黒柱を失った家族に密着取材したんです。母親と高校二年生の男の子。そして中学三年生の女の子の三人です。父親は四二歳の会社員。勤めはいたって真面目だと誰もが口を揃えて言いました。自殺の動機ですが特段何があったわけではないのです。若干うつ病の兆候は取材で分かりましたが、専門家に言わせると現代人の誰もが持ち得るストレスと判断されました。つまりは普通なんです。今を生きる人の平均的な夫、父親だった。だから逆に主を失った家族の衝撃は並々ならないものでした。原因を探そうものの決定的な事柄は出て来ない。遺書でも書き残してくれたなら何かが分かったのでしょうが、それすらない。家族にとっては〝ナゼ？〟が常につきまとった。家族の困惑は相当なものでした。まともな人間にとって、原因が分からないことは突き詰めると自分自身を責めることになります。夫の死に妻は責任を感じ、父の死に息子と娘は自分が何かした、何か言ったのではないかと気にかけてしまう。誰も幸せにはなれない。自殺がもたらす弊害のすべてがその家族にはありました。母親は働こうにも仕事がない。やっとのことで見つけたのは清掃員の仕事。四〇歳。四年制の大学を卒業しながらも希望職には就けない。娘も高校受験を控えているのに集中出来ない。しまいには不登校になってしまう。息子は札幌市内でも有数の進学校に通っていました。しかも成績はトップクラスです。その彼は高校二年にして進学を諦めるとカメラに向かって言い出しました。アルバイトをしながらの大学進学や奨学金を利用してとか、考えられるだけのシミュレーションをしたみたいです。自分だけが生きて行くにはそれなりの方法があったと聞きました。でも彼は妹や母親のことを案じたんです。大学はもちろん専門学校への進学も諦めて就職することに決めたんです。妹を大学にやるため、母に少しでも楽してもらうためにです。十七歳ですよ。十七歳の時、何を考えていました。僕なんか女の人の裸しか興味がありませんでしたよ。毎日オナニーして、その快楽がすべてでした。未来なんて漠然としか捉えていなかった。そんなものでしょう、普通は。それなのに彼は自分を含め家族の将来まで考えていた。いや、そうしなければならない状況に追いやられていたんです。考えに考え抜いた結論です。カメラを回していても所詮は部外者でしかない僕は、何のリアクションも出来ずに彼の話を聞いていました。そして、すべてを話し終えた時、一瞬彼が笑ったんです。屈託のない笑顔。今まで一度も見たことのない表情でした。解き放たれた笑顔とでもいうのでしょうか。本当に素敵な笑顔だった。何度もプレビューしてみました。よくよく見ると、はにかみながらの笑顔です。はにかんでいるのがリアルだったんです。カメラがそれを収めたんですけど、全くカメラの存在を意識していない笑顔なんです。それを見た時に思いました。僕らがやるべきことはこれなんだ。こういう笑顔を導き出すために、何十時間、何週間、何年も時間を費やすべきなんだと」

横峰は淡々と語った。そして薄《うっす》らとではあるが目が潤んでいた。そんな横峰を私は見たことがなかったので戸惑った。声をかけようにも言葉が出て来ない。

ただただ二人の間には沈黙が流れた。

「僕はずっと違和感を覚えていました」

「…………」

「完璧な母親に見えるのに何か違う。それが何なのか？　どこかが変だ」

「…………」

「それは……完璧すぎたんです。理想の形で描かれた母親像。それが満里恵さんだった。そこに僕は疑問を持った」

「疑問……ですか」

「ええ」

「どうして？」

「だから完璧すぎたからですよ。どこをどう見ても立派な母親だった。仕事をしながらも献身的に看病し、週末には路上で募金活動をする。それでいて決して弱音を吐かない。模範的だ。いや模範的すぎた。完璧すぎた。自分では善かれと思ったんでしょうがオーバーワークだったんです。いつからかはちゃんと覚えていませんが、慎一郎君を追っかけるのと同時に僕の興味はあなたにも向いた」

私はただ何も言わずに横峰の言葉に耳を傾けた。

「あなたのことを知ったのは前も話しましたが新聞の小さな記事でした。難病の子供のために自ら募金活動をする母親。実際に僕も募金したことがあるんですよ。覚えていないでしょうが、百円ですけど直接募金しに行きました。下調べですね。どんな人なのか。テレビが何かの役に立てないか、社会貢献出来ないかと考えていました」

横峰はカップに手を掛けていたが、それを持ち上げようとはしない。取っ手をただただ指でなぞっていた。

「番組にするにあたりいろいろと調べさせてもらいました。そこで出て来たのはシングルマザーであること。満里恵さんには申し訳ないけど番組としてはもう手応えを感じましたね。ドラマみたいな設定だと思いましたよ。でもね……」

間を埋めるかのように横峰はコーヒーを一気に流し込んだ。

「ドラマみたいなのは設定だけじゃない。あなた自身がドラマに出ている女優のように見えたんです。完璧すぎることが逆に嘘っぽい。どうして嘘っぽいんだろう？　いろいろ考えましたが分からなかった。そこでね、ありったけのＶＴＲを見返したんです。その場その場では見落としていたことも、何度も何度もＶＴＲを見直すと見えて来るんです。ドキュメンタリーってそういうことがあるんですよ。ちょっとした隙間に重要なことが挟まっていたりする。満里恵さん、何が見えたと思います？」

「……何でしょう」

どう答えるべきか少しだけ考えた。そして横峰が求めている答えも私には分かる。今までの私なら、平静を保ち冷たい笑顔を浮かべ上手にこの場を乗り切るのだろう。完璧なまでに隙間なく演じきるに違いない。

だが、それはもう意味がない。

「愛情を持たない母親」

私は素直に答えた。

「それが分かった時、僕は血の気が引きました。どうしてこの人は自分の息子なのに愛そうとしないのだろう。しかもばれないように献身的な母親を努めている。何がどうして？　僕には理由が分からなかった」

「安っぽい復讐劇。自分の人生を呪った女の浅はかな考え」

「確かにあなたの生い立ちや環境を考えるとそれも分からないわけではないが、単純な恨みとは考えにくい」

「どうしてそう思ったんですか？」

「だって、子供一人を産んでいるんですよ。あなたは母親なんだ」

「…………」

　そうだ。私は母親である。もう五年以上も母親でいるのだ。

「僕はね、何があろうと人を信じたい。信じることから愛が生まれると思っています。そして愛が人を育てます」

　私はずっと誰も信じて来なかった。一人で生きなければならなかったのだから、それが当たり前だと思っていた。信頼なんて壊されるためにしかないと思っていたからだ。

「僕はあなたを信じたかった。あなたは慎一郎君を愛している。二人しかいない親子なんです。あなたは息子を愛そうとしなかったのではなく、愛し方が分からないだけだと僕は思いました。……あなた自身がこれまでちゃんと愛されて来なかったからでしょう。あなたは誰よりも慎一郎君のことを愛している。僕はそう信じました」

　横峰は鞄から一通の手紙を取り出した。

「随分と前に貰ったんですが視聴者からの手紙です」

宛名は〝番組担当者様〟と書かれていた。見覚えのある文字だった。封筒を裏返してみた。住所は書かれていない。〝大下しずえ〟とだけ差出人名が書かれていた。それは慎一郎宛に送られて来る初老の女からの手紙だった。毎月送られて来るその手紙には必ず折り目のない千円札が同封されていた。

番組担当者様

いつも番組を拝見させていただいております。

病魔と闘う慎一郎君の姿は、感動を呼び起こし私のような年老いた者にも勇気を与えてくれます。担当者様ら番組に携わっていらっしゃる皆様のご苦労は計り知れませんが、お体に気をつけて素晴らしい番組を作って下さい。

番組を拝見していてひとつ気になったことがありましたので、こうして手紙を書かせていただきました。

それは慎一郎君のお母さん、小早川満里恵さんのことです。

献身的に看病する姿は見る者の胸が熱くなります。

仕事もしながら、そしてどういう事情かは分かりませんが女手ひとつで慎一郎君を育てていらっしゃる。それは想像を遥かに超えて大変なことでしょう。

それなのに満里恵さんは弱音ひとつ吐かない。これは番組としての意図なのでしょうか。強い母親を見せようというのでしょうか。それとも皆さんの前でも満里恵さんはいつもあのように気丈に振る舞っているのでしょうか。

それは逆に見る者には、辛く見えてしまいます。常に気を張って生きている。そう思えてしまうのです。

個人的な見解ですが、母親というのはそんなに強くはなく、そんなに誉《ほ》められたものではないようにも思います。

私の思い過ごしであればいいのですが、満里恵さんはどこかで無理をしているんじゃないでしょうか。どうか担当者様、満里恵さんが無理しすぎないよう見守っていただけないでしょうか。

赤の他人が図々しくいろいろと書きましたが、番組のいちファンとして、これからも末永く番組が続きますことをお祈りいたします。

大下しずえ

「疑問を抱いていたのは僕だけじゃなかった。この手紙を読んだ時に確信したんです。僕はそれからあなたの本心を引き出そうといろいろ考えました。その結論がこの前のロケです。コテコテの茶番。しかも最愛の息子を言わば見世物のように扱う。そうすればあなたの本心が分かるのでは、と思ったんです」

「…………」

すっかり冷めてしまったコーヒーを私は口にした。少し甘い、と思ったが美味《うま》くも不味《まず》くもない。特徴のない味だと思った。

「横峰さん」

コーヒーカップを置き私は言った。

「ありがとうございます。正直、あのロケは途中からどうしていいのか分からなくなり混乱しました。それは今まで私が作り上げて来た自分が壊れてしまったからです。今まで思ってもみなかった新しい自分、いや、そもそもは新しいと感じたものが本質だったのでしょう。そういう自分があの日、現れて自分でもコントロール出来なくなった。でもね、それで良かったのだと思います」

「ええ、散々涙を流した後、一瞬ですがあなたは笑ったんです」

「笑った？」

「覚えてないでしょう」

「ええ」

「屈託のない笑顔。自然と出た笑顔だから覚えてないんだと思います」

「……あの後、私、笑ったんだ」

「ええ、確かに笑いました」

長い沈黙の後、店を出た。今から思えばグダグダの別れだったように思う。

「じゃあ、どうも」

「はい、横峰さん。本当にお世話になりました」

「いやいや、コート買ったんですね」

横峰は私の新しいダウンコートを指差した。

「安物です」

「あ、でも似合ってる。前とは違って短いから活発に見えますよ」

新しいのはショート丈にしてみた。前のコートは破れてしまったのでもう着られない。横峰は相変わらずモスグリーンのMA-1を着ていた。出会った時は真新しかったそれも今は着古して疲れていた。

「じゃあ」

「ええ」

恋愛関係にあった男と女の別れ際のような気まずい空気を残したまま、最後の挨拶を交わした。すでに積雪した路面を横峰が小走りで去る。どんどん小さくなって行く。ずっと暑苦しくて苦手なタイプと思っていた。苦手に思っていたのは私が人を信用していなかったからで、彼のせいじゃない。私のせいなのだ。彼は誰よりも私を心配してくれていた。もう一度、彼の背中に向かい深々と私は頭を下げた。

第十四章

LAST Fantasy

人を信じられなかった。家族など必要ないと思っていた。いや、そう自分自身に言い聞かせて生きて来た。母親に捨てられ、父親が死んで一人ぼっちになった。私は可哀想な子なのだ。ずっとそう思っていた。

男にも捨てられた。それ自体は大したことではない。いや、そう思おうとした。捨てられたとは考えられない。そう考えることが許せない。

母親になった。捨てた男への復讐だ。ただ捨てられた女と、自分の子供を産んだ女では雲泥の差がある。男はもう私を一方的に捨てることは出来ない。そう思って子供を産んだ……つもりだった。

いつもと同じように札幌市営地下鉄東西線西18丁目駅で降り札幌陵北総合病院の四〇五号室を目指す。そこに私の息子がいる。

窓際のベッドではいつもと同じように息子がポータブルゲームをやっていた。

「またゲームやってる」

ちらりと私を一瞥《いちべつ》したが慎一郎はゲームを止めようとしなかった。

「さっき始めたばっかりだよ」

「本当？」

「本当」

「ちょっと見せて」

小さな液晶画面を私は覗いてみた。

「嘘だ。もう二時間以上はやってるな」

「なんで？」

「昨日の夜は船で移動出来なかったじゃない。これ船でしょう。船を手に入れるには、北の洞窟に行って、一番下にいるボスキャラと闘ってカギを手に入れるでしょう。そして、砂漠を越えて、南の港町に行く。そこにいる海賊と闘って勝つと桟橋に続く扉が現れ、さっきのカギで扉を開けて、桟橋を行くと船に乗れる。ここまでクリアするのにレベルも二つは上がるし二時間はかかると思うけど」

そう言い終わると私は鞄の中からワインレッドのポータブルゲーム機を取り出した。

「買ったの？」

「ママもちょっと冒険したくなってね」

「じゃあ、ゲームばっかりってもう言えないね。自分もやってるんだから」

「さっきって嘘でしょう。分かるんだからね」

「午前中にちょっとやって、今またやり始めたばかりだよ」

「もう夕飯でしょう」

「ちぇ」

慎一郎は舌打ちしてベッドを降りた。

「くそババア」

「今なんて言った」

「くそババア！」

と言う慎一郎の顔はニヤけ、どこか楽しげにも見えた。

「なに！」

小さな息子の腕を摑もうとしたが、息子は素早く体を反転させかわした。廊下へ繋がる病室の出口に立ち、小馬鹿にしたように私を見つめる。

「この野郎」

と私も笑いながら腕まくりして見せる。

「わぁ恐い！」

そう言うと慎一郎は廊下を走って行った。

「廊下を走るんじゃない」

廊下でフッチーさんの声がした。配膳が始まった。午後五時四五分。計ったようにいつも正確だ。毎日同じ時間にこの病室に来て、同じ時間に食事が運ばれ、同じ時間に病院を私は出る。同じ時刻の同じ地下鉄の車両に乗り込み一人ぼっちのアパートに帰宅する。毎日同じ行為を繰り返して来た。何年も何年も同じことを繰り返して来た。

でも、二週間前から少しずつ変わり始めている。慎一郎と同じポータブルゲーム機を買った。同じソフトに攻略本まで買った。わざわざ用もないのに外科病棟に出向くこともしなくなった。息子が私に歯向かう。私も息子を叱りつける。自分を悪魔と思うことも少なくなったし、何よりも〝笑っている〟自分がいた。

「ナニガ　オカシイ?」

そんな声が聞こえて来そうだった。でも今の私は答えられる。

「ナニガ　オカシイ？」

「別に理由はないよ」

「エ？　ナニ？」

「ただ可笑しいだけ」

「タダ　オカシイ？」

「そう、それだけ」


そうなのだ。それだけなのだ。息子がいて私がいて、それだけだ。でもそれは素晴らしいことだ。ずっと一人でしかなかった私だが、私には五年前から家族がいる。大切な家族がいる。そんなことすら気がつかないで生きて来た。でもまだまだ人生は長い。これから、まだまだ沢山笑っていくつもりだ。

病院から帰宅した。冷えきった部屋は明かりを灯らせることも焦《じ》らす。パチパチと音をたて蛍光灯が点滅していた。ストーブのスイッチを入れる。コートを脱ぐにはまだまだ時間がかかる。電話機を見た。赤いランプは灯ったまま、留守番電話は何も録音されていない。はっきりしない明かりの中、テレビをつけた。画面の中では、顔と名前が一致しないお笑い芸人が頭上で膨らむ風船に怯《おび》えていた。テレビのリモコンの入力切換スイッチを押した。真っ黒になった画面の右上に青く〝外部入力1〟という文字が浮かんだ。DVDレコーダーに横峰から受け取ったDVDディスクを入れた。メニュー画面が現れた。ディスクのタイトルが書かれていた。

頑張れシンちゃん。
君の鼓動は鳴り止まない！
LAST Fantasy

DVDのリモコンの〝再生〟ボタンを押した。
レコーダーの中でキュルキュルとディスクが回転する音が聞こえた。真っ黒な画面が一瞬にして光を放った。決して大きいとはいえない二六インチの画面に慎一郎と私が映し出された。過去の四作と同様に悲劇的な物語として私たち親子が据えられていた。病室でのやり取り。遊園地に向かう道中。そして遊園地で繰り広げられた茶番劇。なかなか暖まらない部屋の中でストーブにかじり付くようにして画面を見た。実際に自分で体験して来たことであるのに、そのほとんどを覚えていなかった。画面の中にいる自分が自分に思えない。

ふと感じた。

「あの時の私はやはり悪魔だった」

と。

「息子のためと言いながら息子を思ってはいない」

それは画面を見ていれば充分に分かった。一般の視聴者には分からないのかもしれないが、上辺だけの笑みを浮かべているのは今の私には分かる。ちょっと可笑しかった。滑稽に思えた。何ものをも信頼しない私は悪魔だと思い込もうとした。ただ私は悪魔ではない。悪魔になろうと望んではいたが、そんなものになれるはずもない。あの日、私はあの遊園地で自分でも分からない感情に包まれた。邪悪な心は自分の中にあるというのに、仮想の魔物に対峙した。私と慎一郎はコテコテの着ぐるみである

〝デーモンフェンリル〟に矢を放った。でも違うような気がする。空高く飛んだ矢ではあったが、それは私の心に深く刺さった。幼い頃からひねくれていた私の心に矢が刺さったのだ。矢は私の心に居座っていた悪魔を打ち抜いたのだ。慎一郎が行った悪魔退治。それは〝デーモンフェンリル〟ではなく私の中に存在していた邪心を払ったのだ。

流れる画面を私はコートを着たまま見ていた。痛々しさばかりが思い返される。

「？」

思わず〝一時停止〟ボタンを押した。観覧車を降り次のアトラクションに移動しようとする私たち親子の背後に不審な人物が映り込んでいた。ほんの数秒なのでよくは分からない。ただ、次のカットもその次のカットも、さりげなくその人は映り込んでいた。すっかり忘れていたがあの日、園内で初老の清掃員と言葉を交わした。その彼女だ。あの時は先のことばかり考え、彼女のことはあまり覚えていない。そんな状況ではなかったように思う。

だが、まじまじと見ると何とも言えない嫌な気分になって来た。今、画面の中にいる老女を客観視してみる。なんだか重苦しいものを感じながらじっくりと分析してみる。

クローズアップ映像ではないので言い切れないが、奥二重の大きな眼、沢山の皺が寄っているが、奇麗な稜線を描いた鼻筋と厚みのある唇。さらに張った頬骨。慎一郎にまで受け継がれた特徴が、その老女にある。出会った時のことを思い返してみた。彼女は私たち親子のことを知っていた。それは単に番組の視聴者としてとしか私は思わなかった。ただ老女は随分と驚いた表情を見せ、私も漠然とした何かが引っかかったのを思い出した。

「手紙」

と白い息とともに声が出た。

毎月送られて来る〝しずえ〟さんの手紙を思い出した。千円札と一緒に送られて来る手紙だ。

「清掃のパート」

手紙に書かれていたのを思い出した。その収入から毎月、千円を送って来てくれたのだ。慎一郎は、しずえさんの手紙が好きだった。何気ない風物が毎月書かれていた。

その手紙をベッドの上で読んで、慎一郎は想像を巡らせていたに違いない。春の手紙には、

沿道に植えられた桜並木が満開です。しっかりピンクに染まったエゾヤマザクラは風が吹くと桃色の川が流れているようです。

「エゾヤマザクラ」

観覧車に向かう坂道で見た。看板にはしっかりと〝エゾヤマザクラ〟と書かれていたのを覚えている。あの坂道。確かに桜が咲けばピンク色の川のように見えるだろう。

秋の手紙には、

花穂をもたげたススキがどこまでも続いています。陽が傾きかけた夕方には、一面黄金色に輝き、それはそれは見事です。

「ススキ」

桜やススキは珍しくもない。でも手紙に書かれていたのは、あの遊園地で見える光景ではないのだろうか。そう思えて仕方がない。

「もしかして?」

横峰が見せた手紙。差出人は〝大下しずえ〟と書かれていた。厳密に筆跡鑑定をしたのではないが同一人物だろう。あの手紙は随分と私のことを気にかけていた。慎一郎に送られてくる手紙には私のことなどは一切書かれていないのに。それにあの手紙には何度も〝満里恵さん〟と書かれていた。テレビ番組を見ている人は私に対して〝小早川満里恵〟よりも〝慎一郎の母〟という認識が強いのではないだろうか。実際にテレビの中で〝満里恵〟と呼ばれたことはない。文字スーパーに出るぐらいで大抵は〝お母さん〟だ。

「まさか……あの老女が」

分からない。ただ分からないままでいようと思う。たとえ、想像した通りの現実だとしても、簡単に事は進展しないだろうし、逆に会いたくない気持ちが勝つかもしれない。今の私にはまだ分からない。それに今は私自身のことよりも息子が大事だ。慎一郎の病気を治すこと。それが先決。体も大きくなっているし、体力があることはこの前のロケで実証された。そろそろ手術の手筈《てはず》を整える頃かもしれない。まだまだお金は足りないが、週末には募金を呼びかけに出ようと思う。

カーテンを閉めようと窓に近づいた。夜なのに外が明るい。いつの間にか降り積もった雪で外一面が真っ白になっていた。白い雪に街灯や自動販売機の灯り、窓明かりが反射して明るく見える。冬の夜は、寒さとは対照的に見た目は明るく暖かい感じに思える。いつも見ている同じ窓からの光景なのに、全く違う世界が目の前にあった。

寒く辛いと思えばただ耐えるしかない。でも明るく奇麗と思えば、これもまた素敵に見えて来ると思った。

春はまだまだ遠い。

春になる頃には慎一郎の身長も一二〇センチを超えるだろう。そうなればスクリューコースターにも乗れる。エゾヤマザクラの川を泳げるかもしれない。そしてあの老女にも……。

その前に、この雪の季節を乗り越えなければならない。寒く辛いとしか思えなかったこの季節を私は生き抜かなければならない。親子で。窓ガラスに向かって少しだけ笑ってみた。窓ガラスに映る私も笑っていた。

後口上

「LAST Fantasy」と名付けたのは、最後のファンタジーという意味ではない。空想、幻想の世界と決別し、現実を生きるべき、という意味合いで名付けたつもりだ。この物語の主人公である満里恵に現実を生きてほしい。それは、もちろん息子である慎一郎との現実である。

さあ、ここからはまた、現実の話になる。

人間関係

僕は人付き合いが苦手だ。人とどう絡んでいけばいいのか分からない。人と話せば話すほど不安がよぎってしまうのだ。相手がどう思っているのか気になる。僕との会話に退屈していないだろうか？　もう早々に切り上げたいと思っているのじゃないか？　そんなマイナス思考が頭の中で飛び跳ねる。

こんな話をすると決まって「でしょう？」と言われる。それもそのはず、テレビやラジオでトークすることを仕事としていた時期も長いので、そう思われるのが普通だろう。一九九三年一〇月から二〇〇三年の二月までの九年半、ＦＭ北海道で「ＧＯ・

I・S」（ゴイス）という番組を担当していた。夕方の五時から七時の二時間。月曜日から木曜日の週四日間の放送だった。その前にも一年半、夕方の番組を担当していたから一一年間、夕方の生放送をしていた。

これらの番組はほぼ毎日、キャンペーンやライブで札幌を訪れるミュージシャンをゲストとして迎えていた。ラジオの放送なのだから盛り上がらなければならない。テンション高く語りかける。そのゲストが持つ魅力を引き出さなければならない。それはラジオを聴いているリスナーを意識してのトークだった。僕自身が語りかけているわけではない。リスナーの代弁者としての位置づけで話をしていたと思う。ラジオを聴いているのは、受験勉強をしている中学生もいれば、夕餉《ゆうげ》の支度をしている主婦もいるだろうし、オフィスで終業時間を気にするサラリーマンもいる。タクシードライバーや長距離トラックの運転手。牛舎で働く酪農家もいれば、病院のベッドの上で聴いている人もいるだろう。様々な人、幅広い年齢の人が聴いている。その代弁者として話をする。たとえ興味のないミュージシャンであろうとも、そういった素振りは電波に乗せられない。真逆とは言わないが、本来の僕とは違った人格でいたことは確かだと思う。元々は舞台俳優をかじっていた。ラジオを始めた当初、不慣れなことを克服する手段として選んだのは〝ラジオパーソナリティという役〟を演じるということだった。違う自分を生み出すことで本来の自分を隠したのだった。

人付き合いが苦手な原因は大きく二つあると思われる。一つはコミュニケーションの取り方を知らないまま育ったからだろう。

僕には二歳違いの弟がいる。弟は生まれながらにして病弱だった。入院は日常だった。両親は弟に付きっきりだった。僕に構っている時間はなかった。昼間は保育所に行き、帰宅してからは父親の机の上でひたすら絵を描いていた。

机の上には、一〇〇枚近いわら半紙とクレヨンが置かれていた。一日に何十枚も描くものだから、白い画用紙などは与えられなかった。かといってチラシの裏では忍びないと思ったのか、茶色味を帯びたわら半紙がふんだんに用意されていた。これが僕の遊び道具だった。と同時に僕の世界だった。満ち足りない思いを僕はわら半紙の中に描いた。高度な科学力によって作られた未来都市や遥か彼方に存在すると信じていた宇宙人の世界。そんなものを思いつくまま描いていた。「LAST Fantasy」の慎一郎がテレビゲームの世界に自分を投影していたように、僕自身も幼少の頃はわら半紙の中に自分を描いていたのかもしれない。

そんな日常だったから、僕は親に甘えるということを覚えられなかった。甘えられる状況ではなかったから仕方がない。我《わ》が儘《まま》も言わず、大人しく机で絵を描く子供だった。

だから僕は、人を頼ることが苦手なのだ。ちょっとしたお願い、例えば、行き先が同じ方向だから車に同乗させてほしいとか、人から何かを借りることが出来ない。大学生の頃、財布を忘れてしまい一銭も持っていなかった。友人と一緒だったのに、お金を借りることが出来ない。貸してほしいとお願い出来ないのだ。結局僕は、二時間も歩いて帰宅した。

GIVE AND TAKE

コミュニケーションもこの両者で成り立っていると思う。でも僕は人にGIVEが出来ない。すなわちTAKEも成り立たない。

誰かに頼るよりも、自分で何とかする。いや自分一人がいいのかもしれない。一人ぼっちが当たり前で育ってしまったから。

もう一つは、自分の弱さだろう。自己嫌悪に陥るほど、僕は弱い人間だ。すぐに凹《へこ》むし挫《くじ》ける。

自覚はしているし、それを否定はしない。だが同時に、それを露呈したくはない。曝け出せるほど強い人間ではない。

自分の弱さを痛いほど分かっているから、自分を守るために別の人格を作り出し、それを防御として使うのだ。いや言い訳かもしれない。ラジオパーソナリティもそうだ。それに対して何か言われたとしても、

「あれはラジオパーソナリティという側面で、僕自身ではない」

と言い訳をする。

だから、僕には肩書きが多いのかもしれない。タレント、映画監督、執筆家、舞台俳優、会社の社長。

「どれが本当の鈴井さんなのですか？」

という質問を受けることが多い。どれもしっくり来ない。それはどれも自分を守るためのものでしかないのかもしれない。

親交深い関係になった人によく言われる。

「そろそろ、その敬語で喋るのを止めてくれないかな。何かよそよそしいでしょう」

それに対して僕は、

「すいません。この喋り方が僕のスタイルなので、ため口とかは出来ないんですよ」

と答える。

「もう随分前から知り合いなのに、他人行儀で」

「申し訳ない」

決してスタイルではない。ある程度の距離感を保たないと人間関係を形成出来ないのだと思う。相手の懐に入らない分、相手にもずかずかと入り込んでほしくない。いや、入り込まれて本当の弱い自分を知られるのが恐いのだ。だから、強固なディフェンスラインを引くのだ。

「LAST Fantasy」の母親・満里恵は僕自身だ。弱く誰かに縋りたい思いを露にしないために、違う自分を作り出す。素直になれない。

すべては自分の問題なのだ。体裁ばかりを考えているから、心を開けないでいる。心を開かないのだから、相手も近づこうとはしない。まずはたとえ自分が傷つこうとも率先して心を開くべきなのだろう。そうすれば、こんなに悩むこともなくなるのかもしれない。

ただ、このことをこうして文章に書いていること自体、問題を客観化し解決しようとはしていないように思える。

きっとどこかで問題視しているが、それも仕方ないと諦めている自分が混在しているのかもしれない。一人でいることの寂しさを痛いほど分かっているのに。

萌える緑

真夏の北海道。人里離れた場所に足を踏み入れると、うっとうしいほどの草木が生い茂っている。かつては人々が生活していた場所も草木が覆い、もう人の影はどこにもない。

一輪の花は香しい。だが無尽蔵に生い茂る草木から放たれる臭いに、むせ返ってしまう。鼻を抓《つま》んでしまいたいほどの異臭だ。

「ここはもう人間の来る場所ではない」

と威嚇されているかのようだ。

「帰れ、帰れ」

草木が揺れてこだまする。そんな中で弱々しい声を聞く。

「助けて、ねえ、助けて」

身の丈ほどに伸びた草を踏みしめる。

「痛い！　何しやがる」

草が体にまとわりつく。半袖のシャツから剝き出しの腕が擦れて痛い。

「助けてよ」

弱々しい声の主が何なのか分からない。でも、僕はその声に向かって草をかき分けて進む。

草と空しか見えない視界に異物が入り込んで来るが、それが何なのかは草が邪魔をして分からない。草木の合間から見える姿は何かの塊だ。やっとのことで辿り着く。目の前には崩れたコンクリートの塊があった。どうやら声の主はこの塊のようだ。朽ちているとはいえ、その姿は雄々しい。それがまだ命を得ていた頃は君臨していたことが、その規模で分かる。だが僕が聞いた声は、幼稚園児のような弱々しい声だった。

コンクリートが崩れ、中の鉄骨が露呈している。何かの施設だったことは窺えるが、それが何を担っていたのか僕には分からない。ただ、その崩れた姿と周りに生い茂る草木を見れば、随分前に使命を終えたことが分かる。静かにそのコンクリートの塊の中に入る。真夏の陽差しを遮断したその中は、今まで感じていた暑さを忘れさせるかのようにヒンヤリとしていた。

僕はコンクリートの壁に手を添えた。

「助けて」

呟きが聞こえるかのようだった。

「ずっとここにいたんだね」

僕も心の中で呟いた。

「ああ、ずっといたよ」

冷たい壁に何か温かみを感じた。赤ん坊が母親に抱かれて静かに目を閉じるような安らぎのようだった。

「ありがとう」

そう言われたようだった。

かつてはこの建物がこの場所での象徴であったに違いない。いや、日本の象徴だったはずだ。人々の生活を支えて来た源だ。それが今は無用の長物と成り下がり、解体されることさえもなく放置されている。この塊を成仏させるべき人間は知らん顔。唯

一、自然が塊をゆっくりと時間をかけ呑み込もうとしている。あと五〇年なのか一〇〇年なのか、もっとかかるのか、いずれは跡形もなくなってしまうのだろう。
時代は流れ、変わっていくものだと思う。過去に縋ることは好きではない。進化とは言わないまでも時代とともに起こる変化は受け入れるべきだと思う。若者の現象を批判的に言うことがある。言葉が乱れて来ているとか、正しい日本語を喋れないとか。でも、それも一つの淘汰《とうた》であるように僕は感じている。必要のないものが捨てられてしまうのは仕方がない。ただ、捨ててしまっても忘れてはいけないと思う。

「助けて」

心に響く声が聞こえる。でも僕はどうすることも出来ない。

「ごめんなさい、もう助けられない。時代は変わったんだ」

そう心の中で呟くしかない。

世の中には流行というのがある。瞬時には尊重されるが、時代の流れが変わると違うものに取って代わられる。僕らの仕事はまさに、そういった中で存在している。珍しかったりトレンドだったりという理由で重宝される。それは当たり前のことで、そういうシステムなのだから仕方がない。それを承知で、こういう仕事をしているのだから。

いずれ珍しいと思われていたものも珍しくはなくなり、流行は変わりトレンドではなくなる。そうなると僕らの必要性もなくなる。そうなるのは必然であって否定はしない。

多くのお笑いタレントが一時代を築くが、それはあくまでも一過性のもので時代はすぐに変わる。人間は非情なものであるのだから仕方がない。興味がなくなればゴミ箱に捨てられてしまう。

そういう中でも賢いというべきなのかは分からないが、時代の流れを敏感に察知する人は、カメレオンのように変化し時代の波に乗り続ける。それも一つのやり方だとは思うが僕は嫌だ。あくまでも僕のやり方を貫きたい。時代に迎合してまで生き残りたいとは思わない。もちろん、時代に捨てられる覚悟は出来ている。それでもいい。生き残ることよりも信念を貫くことの方が重要だと思う。

「助けて」

またしても声が聞こえた。

「助けられない」

今度はきっぱりと答えた。

「どうして？」

「もう求められていないんだ」

「……………」

草木に包まれた廃墟。それはいずれ来るであろう自分の姿なのかもしれない。だから僕は廃墟に惹かれ同情する。生き残り続けることがすべてではない。静かに終焉を受け入れることも威厳のあるさまであるように思う。

人はみな、今を重んじ今か未来にしか目を向けない。でも過去からの繋がりがあることを忘れてはいけないと思う。先人がいたから、今がある。そのことを忘れてはいけない。

「助けられないけど、忘れないよ」

ここでこうして、このコンクリートの塊が役目を果たしていたから、僕たちは今、生きているんだ。廃墟と化した炭鉱施設は、その後、何も言わなかった。

「僕は忘れない」

詳しくは分からないが、僕はここに炭鉱があったことを忘れない。そして戦後日本を支えたのが石炭エネルギーだったことを忘れない。それが僕の故郷であることも僕は忘れない。

忘れられてしまうことほど悲痛なことはない。必要ないと烙印《らくいん》を押されてもいい。

「もう、いいよ。お疲れさま」

と言われてもいい。でも、忘れないでいてほしい。

天の邪鬼で優柔不断

自他ともに認める天の邪鬼だ。生まれ育った環境から、どこか懐疑的で素直ではなかった。直接誰かに言われたことはないが、きっと可愛くない子供であったに違いない。

天の邪鬼であることを決定づけた出来事がある。小学六年生の国語の授業。題材は忘れたが、指名された生徒が教科書を朗読する。その文章についての感想を教師は生徒に求めた。ある列の前から後ろまで順番に言うことになった。その列の前から五番目に僕は座っていた。つまり五番目の回答者だ。一番前のクラスメイトは、その物語に描かれた主人公についての感想を述べた。教師が丁寧に頷く。二番目の生徒も主人公の気持ちを丁寧に語った。教師は頷く。三番目、四番目の生徒も同じように主人公の立場に立って物語の感想を言った。教師は大きく頷いた。

五番目。僕の番だ。ふと思った。

「同じようなことを発言するのは、つまらないな」

天の邪鬼が顔を出した。僕は主人公ではなく、違う登場人物の立場から物語をひもといてみた。具体的にどのような発言をしたのかは覚えていない。ただ、四人とはまったく違った見解であったことは確かだ。僕の発言に教師は目を丸くし頷くことはなかった。が、教師は僕の発言を異常に誉めた。

「物事の考え方は一つだけでない。他の立場に立ったらまた違う考え方が見つかる。いろんな角度から検証してみることは、凄く大切なことだ」

そんな感じのことを言ったように覚えている。僕はただ同じことを言いたくなかっただけだ。クラスメイトは羨望の眼差しを僕に向けた。誉められて僕は有頂天になった。

ただでさえ天の邪鬼だったのに、そのこと以来、僕は物事を斜めから見る子供になってしまった。誰かの発言に対し、

「本当にそう思っているのか？　実は違うことを考えているんじゃないのか？」

人の裏を詮索するようになった。素直でない子だったのに、懐疑心が膨らみますます人を信じない子供になってしまった。実に可愛げのない子供だ。その一方で、この天の邪鬼はその後の人生において大いに役立っていったのも事実である。

一一歳の頃から遊びで八ミリ映画を撮っていた。幸いにして我が家には八ミリカメラがあった。父親は無類の機械好きだった。だが手に入れるばかりで、あまり使うことがなかった。母親はいつも愚痴っていた。

「せっかく買ったんだから、子供の成長とかを撮ってくれればいいのに」

と。けっして裕福な家庭ではなかったが、VHSのビデオデッキも家庭用ビデオカメラも、さらにはウォークマンまで初号機が我が家にはあった。それはすべて、子供の遊び道具と化す。八ミリカメラもそうだった。友人らと小遣いを出し合い八ミリフィルムを買う。それで、子供が考えそうなバカバカしい物語を撮影した。処女作は名作「夕陽のガンマン」と「ドラキュラ」を足した「夕陽のドラキュラ」という作品

（?）だった。恋人をドラキュラに殺された男がドラキュラを追いつめる。そして十字架を投げつけ退治するというストーリーだった。どこが「夕陽のガンマン」かというと、ただラストシーンが夕方であったということでしかない。ちなみに僕は、ドラキュラに殺される恋人役で映画デビューした。はい、女役です。他には名作「ベン・ハー」の戦車競争を真似て、ただただ自転車レースをする作品とか、よく分からないものを三〇作も作った。

資金はすべて仲間の小遣いでやりくりしていたが、子供には限界があった。そこで中学生になるとある知恵が浮かんだ。映画クラブを作ろうと考えたのだ。クラブになれば学校から予算が下りる。もう手弁当でなく、映画、いや映画みたいなものを作れるのだ。クラブとして認められるには一五名の生徒が必要だった。同級生や下級生を半ば強制的に集めた。最終的には二〇名近くのメンバーを集めクラブとして認可してもらった。だが、クラブの活動はいわば元々やっていたメンバーの独壇場で、数集めとして使われた人物たちは蚊帳《かや》の外。幽霊部員となっていった。ただ僕らは目的を達成した。自腹を切らずにフィルムを手にすることが可能になったのだから。

何か欲しているものがなければ、自分たちで作ればいい。この経験が天の邪鬼な考え方に拍車をかけた。その後の人生においても、無理だ、と言われれば逆に熱くなった。無理だと言われれば言われるほど、可能にしようと燃えてしまう。それが、天の邪鬼の有効な利用法だろう。

僕をよく知る人なんかは、簡単に僕を誉めない。逆にけなす。そう言えば、僕自身がやる気を起こすのを知っているからだ。ただ、本当にけなされると、所詮は弱い人間だからそれなりに傷ついたりする。自分でも思う。面倒な人間だと。

天の邪鬼で素直じゃないから、結局、僕は北海道に居残ることになった。高校の頃から僕はずっと東京に出たいと考えていた。それは進学であり、将来、映像クリエイターとなりたいと考えていたからだ。が、まず第一に大学受験に失敗し、上京の機会を逸してしまう。

北海道の大学に通うのをきっかけに演劇の世界に入り、一年後には自分の劇団を旗揚げした。それでもまだ、いずれは上京しようと考えていた。北海道ではまだプロの役者やタレントが生まれてくるような状況ではなかったから。

そうしているうちに、仲間たちが次々と北海道を離れて行った。みな、

「東京で待っているから」

と言ってくれた。それに僕も、

「ああ、すぐに行くよ」

と答えた。だがタイミングを逸した。いや、本当は自信がなかったのかもしれない。東京でやって行く勇気がなかった。それと例の天の邪鬼だ。北海道では無理と言われるのであれば、ならば僕がやってやろう。無理を可能にしてやろうという思いが膨らんだ。ある種、意固地になってやってきたのだと思う。

天の邪鬼で素直じゃなかったから、今の僕があるのは確かだ。それを否定するつもりは全くなく、原動力であったのだから、それを得たことに感謝すべきでもある。

しかし、今、その天の邪鬼で素直じゃないことに新たなる問題が生じてきた。それは逆に、地方でもやれるという自信を得たことに対する懐疑だ。ただただ珍しいから注目されているのではないだろうか？　かつてブームとなったエリマキトカゲなどの珍獣と同じようなものではないのだろうか。ぽっと出て来てブレイクするお笑い芸人のような。そのカテゴリーに入れられてしまっているのではないかという不安だ。

この状況は続かない。天の邪鬼だからそう思ってしまう。注目を浴びると、すっと気が抜けたようにやる気が失せてしまう。

「水曜どうでしょう」（HTB）という番組がある。DVDが発売になり各地で番販放送が始まり注目された。人気が出れば出るほど、僕は天の邪鬼だから冷めていった。そう、天の邪鬼で素直じゃないから、何事も最後を想像してしまうのだ。決まって結末は物悲しい。そんな終焉《しゅうえん》を見たくはない。だから、全盛期にやめるというのが天の邪鬼的な美学でもある。劇団もそうだった、全盛期にやめた。

僕は弱い。悲しい結末は見たくない。見るのが辛いし恐い。みんなに飽きられるのが恐いのだ。だから飽きられないうちにやめてしまいたいと思う。

「水曜どうでしょう」のレギュラー放送が終わってからも多くのファンの方から、

「早く旅に出てください」

「新作が見たいです」

と言われた。そういう声を聞くと天の邪鬼にスイッチが入り作動する。期待があるというのは、ハードルが高くなっているのだ。そんな時分にやるのは得策ではない。期待値が先行して案外、

「あら？　こんなもの？」

と思われるからだ。期待が妄想を膨らませている。だから、その妄想が萎《しぼ》んだ頃に

やるのが旬だと思っている。

だから二〇一〇年に旅をした。だって、もうやらないんじゃないの？　と思われている頃だと思ったから。ね、面倒な奴でしょう。

この天の邪鬼はもう死ぬまで体から離れることはないだろう。いや、死んでも離れないのかもしれない。素直になれない自分。それを恨めしく思うし愛おしくも思う。どこか破綻しているから、それを繕うために一生懸命になるのだと思う。

世界の中心

一般的に北海道は地方と呼ばれる。それは中央である東京に対してのことだ。それは行政的な見地での言い方だ。中央官庁が置かれている首都をさす。それ以外は地方となる。そしてこの地方という表現には〝田舎〟という意味合いが込められることも多い。

今でこそ日本各地や世界各地に出かけることも多いが、実際の生活となると、そのほとんどは札幌であり北海道である。東京での出来事や流行、経済の動向は気になるが、今の時代そのほとんどをテレビや新聞、さらにはネットで手に入れられる。欲しい情報は大抵手に入れることが可能だ。そういう意味では、今の東京は裸で曝されているのかもしれない。

古代はローマが世界の中心だった。オーストラリアの先住民族アボリジニはエアーズロックが世界の中心と考えていた。僕にとっての世界の中心は、北海道であり札幌なのだ。自分の生活している場所が中央だと思う。だから、僕にとって東京は地方ということになる。

時間の概念では、自分が生きている時間を〝今〟という。それに対して過去があり未来がある。でも、この〝今〟は過去にも未来にも存在する（した）。過去に生きていた人は、その自分が生きていた時が〝今〟であった。一〇〇年前でも一〇〇〇年前でもそうだったはずだ。〝今〟を生きている僕たちがいなくなった未来。一〇〇〇年後、二〇〇年後、いや一万年後でも、その時代に生きている人たちは、その時が〝今〟であるはずだ。

それと同じような考えで、自分がいる、自分が生活している場所が中央であり中心であると考えることは当たり前なのだと思う。もしも、僕が北海道を離れ、どこか海外で生活しようものなら、そこが今度は僕にとっての中央になることだろう。その人がいる場所が中央であるべきだと思う。

よく、

「どうして、そんなに北海道にこだわるんですか？」

「そんなに北海道を愛しているのですか？」

という質問を東京などでは受けることが多い。いやいや、自分の中心点であるから、そこを基軸に考えることは何の不思議もない。当たり前のことだ。

僕は今、地方にこそ可能性があると思っている。それは田舎者の負け惜しみではない。客観視し状況を冷静に判断し、新たなる可能性を見出すことが出来るのは実は地方なのではないかと思っている。

システム化されすぎた東京はがんじがらめに思えて仕方がない。ステレオタイプの発想しか通らないのではないだろうか。それはひとえに肥大化しすぎたことで、失敗が許されない環境となってしまったからのように思える。少ない経験での話だが、東京でのプロジェクトに係ると、大きな挑戦よりも着実な結果を要求される。博打はしなくていい。確実な成果をあげよと求められる。

それはたまたま、僕が係った世界がそうだったに過ぎないのかもしれないが、大きな疑問を僕は持ってしまった。

天の邪鬼な僕は誰かがやってきたことをなぞるのは性に合わない。それ自体、もしかしたら田舎者の悪あがきなのかもしれないが、嫌なのだ。たとえ、多くの批判を受けたとしても僕は僕の道を貫く。それを身上としているつもりだ。

一般的にいう地方の場合（あくまでも僕には中央）こと芸能事に関してはノウハウがない。ノウハウどころか人材も財力もない。致命的なのは経験値がないことだ。そんな環境で何かが成功する確率は低い。と同時に、期待値は高まっても冷静に分析すると、

「ダメかもね」

という考えもはびこる。

実は、このネガティブな発想が、新しいものを生み出す。言い方は悪いが、成功すれば儲けものという考え方がどこかにある。だから、失敗を恐れずに常識外なことが出来るのが一般的に言われる地方の力なのだ。いや、失敗してもいいのだ。失敗して

もう一度頭を下げる。

「経験がなかったので失敗しました。でも多くの経験を得たので、もう一度やらせてください」

東京ではそうは行かない。

「もう、お前じゃなくてもいい。他にも代わりはいるから」

だが地方では、なかなか代わりはいない。だから、

「仕方ないな。じゃあ、もう一度だけだぞ」

ともう一度、チャンスを貰えるのだ。そこで失敗として経験してきたことを元に次へと向かえばいいと思う。それが出来るのだ。

東京は試験であり、それに合格しなければ次には行けない。でも地方は一つ一つが授業だ。分からないところがあれば補習を受けられる。でも、試験は間違えればそれで終わりなのである。だから一般的に言われる地方に可能性があると思っている。

ただ、それを認識していないと大きな間違いになる。前述した「水曜どうでしょう」（HTB）という地方発信の番組があるが、ある意味、地方からの可能性を示唆しているといえるのかもしれない。この番組は東京もそうであるが各地方からも喝采

を浴びた。ローカルでもやれるんだ、という声を沢山聞いた。僕もいろんな地方局に足を運び、そこでもよく言われた。

「僕たちも、『どうでしょう』みたいな番組を作りたいんです」

気持ちは分かる。

だが、そういう発想では何も変わらない。それは今まで、東京の番組を見て来て地方局が、

「あんな番組を作ろう」

という発想でやってきたのと何ら変わらない。それではダメなのだ。世の中にないものを作らないと、「どうでしょう」みたいな番組は所詮、二番煎じと呼ばれるに過ぎない。視点が東京から札幌に変わったに過ぎない。そういうことを繰り返すから、ローカルが市民権を得ないのだと思う。

その土地もしくは世の中にないものを作らなければ、認められない。でも、先に書いたようにチャレンジする土壌が地方にはあるのだ。それを使わない手はない。挑戦出来るのが地方である、と僕は思う。だから北海道を離れたくはない。

北海道開拓に貢献したクラーク博士の言葉は有名だ。

“Boys, be ambitious !”

「少年よ大志を抱け」

という有名な言葉である。だがこれは続きがある。

“Boys, be ambitious like this old man”

直訳すると、

「この老人のように、若者よ、大志を抱け」

なのだ。

これをどう解釈するか。もしかしたら奇麗な別れ言葉ではなく、一喝を込めた言葉と思ってしまうのは僕が天の邪鬼だからなのだろうか。もしかしたらクラーク博士は歯がゆい思いを残したまま北海道を去ったのではないか。僕にはこの、

“like this old man”

が引っかかって仕方がない。

東京や他の地方を見ることは、そこに学ぶことも大切だが、それ以上に独自性を認

識することが重要である。東京にないから挑戦する。他に誰もやっていないから敢えてその道を進む。そういう勇気を僕はこれからも持ち続けたいと思う。たとえ失敗しようとも。

新しい芽

廃墟の中に、その過去の叫びを聞くのと同時に、新しい生命の息吹を感じる。コンクリートの隙間からも新しい芽が出ている。いずれ大きく生長し、その根がコンクリートそのものを砕く。粉々になったコンクリートは地表と同化していくことだろう。岩や石ころだらけであったはずの〝ずり山〟も時を経て、その多くは緑に包まれ、それが〝ずり山〟であったことも分からなくしてしまっている。役目を終え朽ち果てても、その場所や時間は次の展開を見せる。

一つが終わる。でも、それはすべての終わりではない。そこには過去を礎《いしずえ》にして、新しいモノが誕生する。それがあるから、終わりや別れの悲しみも人は乗り越えられるのだろう。

一時〝忘れ去られてしまうこと〟を深く考えていたことがある。テレビタレントやラジオパーソナリティ、映画監督に執筆家、会社社長。僕の多くを支配するものだ。そのどれもが多くの方々に知ってもらわなければならない。それも役目の一つ。人気という言葉は好きじゃないが、どれだけ知られているかというのが重要視されることは否めない。

知られることになると、その対極に〝忘れ去られること〟がある。表現者、特に芸能人は〝忘れ去られて〟しまうと商売にはならない。過去の人になってはいけないのだ。

テレビ番組でよく「あの人は今」なる番組が放映される。過去に人気のあった人が今は何をしているのかを探る番組だ。視聴者は懐かしくそれを見るのだろう。忘れた記憶を蘇らせるのだから。でも、末端とはいえども同業者としては心を痛めてしまう。自分もいつ過去へと追いやられてしまうのか。その恐怖はとてつもない。

インターネットが普及し始めた頃、多くのサイトがオープンした。今のようなブログやツイッターと同様に一般の方々も自分の場所を持っていた。僕にも数えられる程度であるが、ファンサイトなるものがあった。その意図はあくまでも好意的で応援を目的としている。ファンの方がどういうことを感じているのか、やはり気になる。ちょくちょく覗き見をしていた。そんな日々が続いてどれくらいが経っただろう。二〇〇五年に僕が韓国へ映画の勉強に行ったり、その後あまりメディアでの露出がなくなった時、いくつかのサイトが閉鎖されたり放置されたりしていた。放置された掲示板には出会い系や金融関係の怪しい書き込みが横行し、まるで焼け野原のようになっていた。

本来、僕自身を応援してくれていた場所であったはずなのに、そこが空き家のようになっているのを見るのは何とも寂しいものだ。それは子供の頃に見た炭鉱長屋の廃墟のようで、胸が締め付けられそうな思いに駆られる。

「ああ、こうして忘れられていくんだな」

そんな思いがよぎる。人に知られた分だけ忘れられていく確率は高くなる。仕方のないことだが、目の当たりにすると、それなりに心は痛む。

ラジオパーソナリティをしていた頃もそうだった。今ではメールが主流だが、番組は当時、ファックスでリスナーからのメッセージを求めていた。かつて、ハガキ職人という言葉があったように僕の番組にも常連さんたちがいた。彼、彼女たちは独自の世界観を持っていて読み上げる僕も日々の楽しみとしていた。住所やラジオネーム、本名などが書き添えられているが、いくつで何をしている人なのかはほとんど分からない。学校の同級生なら、生活サイクルで重なる部分も多いがそうではない。そうなるといつの間にか卒業されてしまうことも多い。

「あれ？　最近、あの人からファックスが来ないな」

事情は分からない。進学や就職で北海道を離れてしまったのか。ラジオを聴けない環境になってしまったのか。それとも、

「もういいや」

と飽きられてしまったのか。理由は一切分からない。でも、待っている立場としては寂しい。表現者である僕たちは発信者として認識されることが多いが、実はその一方で、待っているのだ。みんなからの反応を待っている。誹謗中傷が蔓延する世界は例外として、喜んでもらえたかどうかは気になるところなのだ。ワンウェイではない、相互の関係があるのだと思っている。

だから一方的に〝忘れ去られること〟に恐怖を感じるのだ。

「LAST Fantasy」の中でも母親である満里恵は、捨て去られた親から忘れ去られる恐怖に苛まれている。そして、息子の慎一郎も、いながらにして息子としての存在を忘れ去られていることに心を痛めている。

〝忘れ去られること〟ほど、辛いことはないと思う。人はいつか、その生命を終える。それはその人自身の生涯が終わるだけで、その人が終わるわけではない。僕の祖父母はもう随分と前に死んでしまったが、彼らとの思い出、祖父母への思いは今も僕の中に存在している。今でも僕の中で生きているのだ。僕は僕に係ってきた人を忘れない。それは大きく僕に影響をもたらしている。そして、それらの人の人生を勝手に終わられたくはない。

時間の流れは、いろいろなものの姿形を変える。必要のなくなったものは追いやられ静かに朽ちていく。衝撃的に現れるものは、時代の波に揺らされる。何が正解で不正解なのかは分からない。もしかしたら正解なんかないのかもしれない。

ただ、僕は思う。決してひとりよがりではないが、世界の中心は自分であるべきだと。自分がいる場所が中心軸で、今がその渦中である。それに対しての過去があり、それを踏まえての未来があることを認識すべきだと思うのだ。自分の中に存在しているものがすべてであって、それ以外によって自分が動かされていることはない。誰かが何かの営利目的に仕組んだものに惑わされてはいけない。真実がどこにあるのか、それは自分自身にしか分からないのかもしれない。

今、与えられるばかりのメディアに人々は汚染されている。信じすぎていると個人的には思う。テレビは、文字スーパーが煩《わずら》わしいほど現れる。情報過多だ。何も考えずに楽しめる。それは楽だ。でも画一化された情報しか受け取れない。一昔前までは文字スーパーなどなかった。そんなテレビ番組を見ると物足りなく感じてしまう。でも、それでいいのか？　今、映画や演劇も分かり易い話が横行しすぎているように思う。特に映画なんぞは、なんでも3Dだ。映画はアトラクションじゃない。激しい映像でなければ映画として成立しない時代が来ればもうお終いだ。少なくとも小津安二郎作品は3D対応しないだろう。笠智衆さんが飛び出て何を感じる。いや、ほとんど動かないから飛び出しもしないだろうから、そんなことはあり得ない。

与えられるものをあまりにもそのまま受け取る環境になりすぎているように思える。人間には想像力がある。想像するから面白いし、小学生の頃の国語の授業の時のように、違うことを考えたから面白い答えが導き出せた。今やメジャーメディアは人々に考える余地を与えないことで、成立させているのかもしれない。それも時代の流れと言ってしまえばそれまでだが、まだまだ人には考える力があるはずだ。一人一人が考えることを億劫《おっくう》がらず、自らの答えを導き出せたなら、もっともっと豊かな社会を構築出来るのではないかと、勝手ながら思う。鵜呑みにせず、多少は懐疑的な目も持った方がいいと思う。

なんだか分かっているのか、何も分かっていないのか、分からないようなことを綴ってきたが、僕も僕自身がどうあるべきなのかの答えは見つかっていない。もしかしたら、死ぬまで見つからないのかもしれない。でも、それが人間なのだと思う。考えること。それが大事。

過去、今、未来。そして自分の場所。それを考えるから面白い。悩むことを避ける風潮があるが、人は悩むから面白いのだと思う。悩まない人生に希望はない。絶望があるから希望が浮かび上がる。

イメージとは違う北海道の退廃的な景色の中、僕は本当の未来に夢を馳せる。

そして僕の場所で僕の時間を生きようと思う。

文庫特別書き下ろし

十七年後、次の冒険が始まる

外へ出ると、肌を突き刺すように空気は冷たかった。雪が降るにはまだ早いのだろうが、吐き出す息が白い。ちょっと外の空気を吸いたいと思い、出て来たがこんなに寒いのなら外套《がいとう》を来て来るべきだったと私は後悔した。

「寒くないですか?」

背後から懐かしい声がした。

「ご無沙汰しております」

横峰だった。黒毛よりも白髪が目立つ。オシャレなのか無精なのか区別がつかないヒゲにも白い物が混じっている。十七年の歳月が感じられた。

「この度は何とも……御愁傷様《ごしゅうしょうさま》です」

丁寧に横峰は頭を下げた。

「わざわざありがとうございます」

「大丈夫ですか?」

「ええ、随分と前から覚悟は出来ていました。もう何度も手術を繰り返して、その度に、医師からは最後かもしれないと言われていましたから」

と言うと、不思議と自分から笑みがこぼれた。

「最後は静かに眠るように逝ったそうです」

「そうですか」

「それが救いです」

「そうですね」

「横峰さんはお元気でしたか？」

「まあボチボチと」

「番組は？」

「ああ、もう部署が違いましてね。デジタルコンテンツ部とかいうアーカイブやら局のホームページやらで、もう歳も歳でなかなかＩＴの進歩についていけないで苦戦しています」

「ディレクターじゃないんですか」

「ええ、番組はもう作っていません」

「そうですか」

冷たい沈黙が二人の間に割り込んだ。目の前に伸びた長い影は二つしかなかった。以前は三つの影が並んでいた。大きな影が二つとその間に小さな影があった。今はもう大きな影が二つだけだ。

私は振り向いた。太陽が随分と低い位置にある。橙色のそれは目の前にあるマンションやビルをも自分と同じ色に染めていた。ただ、それぞれの建造物にも自分の色がある。鮮やかな橙色に染まった太陽と比べると、人工物の景色はまだらに濁って見えた。

「綺麗な夕陽ですね」

と横峰も振り返り言った。

「…………」

私は黙って夕陽を見つめた。

「あの時の夕陽、覚えていますか」

遊園地の奥、ススキが生い茂ったあの場所を夕陽が照らし、黄金色に輝いていた。

その光景を忘れるはずがない。

「もちろんです」

「綺麗でしたね」

「ええ」

「あんな景色もう見られないだろうな」

「かもしれないですね」

世界には心を揺さぶられる美しい景色が幾つもあるのだろう。世界自然遺産？　そういうやつだ。それらを目の当たりにすれば、必ずや感動する。でも、あの時の黄金色のススキは違う。私たち親子にとってはどんな絶景を見るよりも意味があった。そんな光景に出会うことはもうない。それを横峰も感じていた。

「こんな時に言うことじゃないかもしれませんが……」

と言った横峰の次の言葉を待ったが、またしても冷たい沈黙が居座ったので私は抑揚もなく、

「なんですか？」

と訊いた。

「僕は間違っていたんじゃないかと、ずっと考えていました。それは今も答えが出ていません。分からないんです」

「……………」

横峰の言葉を私は待った。

「僕はあなたたち親子を被写体にすべきだったのか」

「良かったと思いますよ」

「そうですか？」

「結果的には私たち親子もテレビを利用したんです。病気のことを知ってもらうことで、自分では賄えない医療費を援助してもらった。それは見返りですから割り切っています。横峰さんだって視聴率を稼げたんですよね、あの番組で。そういうことだったんじゃないですか」

「随分と冷めていますね」

「現実ですから。事実、あの後、誹謗《ひぼう》中傷も沢山ありました。手術費の寄付金を多くいただきましたが、そんなに本当に必要なのかとか、儲けているんじゃないのかとか、明細を公表しろとか。未だにネットでは批判を繰り返す輩《やから》がいます。美談を嫌い濁す人はいるんです。それを知りました」

「私のところにもそういうのがありました。それで分からなくなって」

「テレビの人なのに意外ですね」

「案外、繊細なんですよ」

「そうは見えませんが」

「外見で判断しないでください」

照れくさそうに横峰は笑った。私も付き合いで笑ってみせた。

「いつからなんでしょうね」

と夕陽を見つめて私は言った。

「真実を伝えようとしても、それには必ず裏があると思われてしまう。〝どうせやらせでしょう？〟って聞き返されてしまう。ドキュメンタリーなのにドラマのように受け取られてしまいます。そもそもは我々がいけないんですけどね。ドキュメンタリーをドラマのように盛り上げようと〝作意〟を入れてしまったり、ドラマなのにリアリズムに走りすぎて現実味を求めてしまったり、境界線がぼやけてしまったんですよ。ドラマや映画は事実に基づいた作品というのが受けますからね。実在の出来事、実在の人物。でも、ドラマや映画になった時点で事実ではなくなるんです。でも、実在した話だから、虚構になってもそれを信じてしまうんですね。そんなものだから何が真実で何がそうではないか区別が曖昧になってしまった。それが逆のドキュメンタリーにも影響する。真実が真実として受け取られない。だから純粋なものも揶揄《やゆ》されてしまう。無色透明だったものが、世間に出てしまうと濁ってしまう」

目の前で沈む夕陽に私は思いを馳せた。十七年前に見た、あの黄金色に輝くススキの野原は微塵の濁りもなかった。でも、今、この場所から望む夕焼けは濁って見える。横峰の話を聞き、自分なりに思うことはあった。でもそれを私は口にしなかった。言って何になるのだろう。言うことで何かが変わるのか？　いや変わることはない。なら口をつぐんだままがいい。

十七年という歳月は何を積み上げたのだろうかと私は考えた。実は何もない。向上するとか前進するとか、今よりも先へ前へと行くことが人生の美徳と考えられているがそうなのだろうか。苦労ばかりでも何も変わらないというのも素敵なことではないかと私は漠然と思った。

「寒くないですか」

と私は横峰に尋ねた。

「大丈夫ですよ、これを着ていますから」

と自分の上着を指差した。

それまで気がつかなかったが、黒い礼服に着るには随分と不釣り合いな上着を横峰は着ていた。腰丈しかないフライトジャケットだった。ジャケットの裾から上着が飛び出て不格好だった。しかも随分とよれよれだ。テレビ局に勤務し、今や五〇も超えているのだから、どこかの部長でもなっているだろう。こういう葬儀の機会も初めてではないはずだ。ならば、それ相応の外套を持ち合わせているはずだ。なのに、よれよれのフライトジャケットを着ていることに私は違和感を覚えた。

「中に入りましょう」

と私は誘った。

「はい」

「ずっと母には会っていなかったんですか？」

「ええ、番組が放送されて一度、お会いしましたけど、それから会っていません」

「じゃあ十七年ぶりですね」

「そうですね」

「それにしても、私のこともよく分かりましたね」

「そっくりですよ、お母さんに」

何だか嬉しかった。ただただ嬉しかった。

番組のおかげで私は多大なる寄付金を受け、アメリカで最高レベルの手術を受けた。その甲斐あって生まれながらに難病という呪縛から逃れることが出来た。その引き換えなのだろうか、私が中学生になった頃、今から十年前。母に心臓疾患が見つかった。数度、心臓手術を行った。母子家庭の我が家にはとっては辛かった。私は大学進学を早々と断念し、母の看護に人生を費やそうと決めていた。でも、それを母は許さなかった。母は言った。

「充分と保険はかけてある」

どういう意味か高校生になった私には分からなかった。

「つまりね、母さんが死ねば、多額な保険金が入るから、あなたは奨学金でも学資ローンを組んででも大学に行ってね」

と病床で精一杯の笑みを浮かべて言った。

「バカなこと言うな」

と言うのが私の精一杯だった。

生まれながらに心臓を患った息子を育て、結局は自分が心臓病に敗れてしまった。

何も分からない高校生の私は、一度だけ言ったことがある。

「またテレビに来てもらおうか」

それは私自身が幼き日々に体験したことからだった。テレビに出演することで高度な医療が受けられると思い込んでいたからだ。でも母は言った。

「大丈夫、テレビのお世話にはもうならない。大丈夫だよ」


そして母は死んでしまった。


私は母が大好きだった。

幼い頃の記憶は曖昧だが、母はいつも私を思ってくれた。母の生活の中心に私はいた。だから、母が患ってからは、私が母を自分の生活の中心にして生きようと思った。

でも、それを母は拒んだ。

「慎一郎。お母さんはね、あなたのために頑張ったけどね。あなたはお母さんのために頑張る必要はないの。親というのは、子供のために生きる。人間も虫けらもそういうものなの。あなたは母さんの親ではないからね」

母が病院で息を引き取った時、私は就職試験を受けていて携帯電話の電源を切っていた。だから母の死を知ったのは電源を入れた四時間後だった。死に際、僕は母を一人ぼっちにしてしまった。早々に霊安室に移動された母の亡骸《なきがら》は白装束を纏って神神しかった。

「母さん、母さ

ん、母さん、

母さん、母さん」

と何度も声をかけた。そこにすべてを込めた。ありがとうも御苦労様もごめんなさいも、すべて込めた。もう二度と、

「母さん」

と呼ぶことは出来ない。だから、声の続く限り、僕は、

「母さん」

と呼んだ。

ただ、もう母は答えてはくれなかった。

通夜は十八時からだ。三十分後だ。寺の境内にはテントが張られ準備は整っている。遠方から来た親族はすでに場内をうろうろしていた。

母との最後の別れに私はとまどいを覚えながら、しっかりと送ってあげようと心に誓った。

「あのう」

後から来る横峰に私は言った。

「就職が内定しました」

驚きの表情とともに横峰が言った。

「そうか、もうそういう時期ですか」

「ええ」

「何関係の？」

「マスコミです」

「……マスコミ？」

「はい、横峰さんがいるテレビ局です」

「うち？」

「はい。真実を伝えるテレビ。やってみたいんです」

一瞬、呆気にとられたような表情を横峰は浮かべたが、すぐに笑って返した。

「慎一郎君……やっぱり、君すごいな」

そう言う横峰に笑って返した。


カアサン、コレガ、正解ダヨネ。

ソウ、シンジテ、良いヨネ。

コンドハ、ヒトリデ、冒険の旅ニデマス。

アリガトウ、カアサン。

この作品は二〇一〇年十二月小社より刊行されたものに
「文庫特別書き下ろし　十七年後、次の冒険が始まる」
を加えたものです。

幻冬舎文庫

●最新刊
浜田文人
胆斗《たんと》の如し　捌き屋　鶴谷康

企業の争いを裏で収める鶴谷に築地再開発を巡るトラブル処理の依頼が入る。築地市場移転後の跡地利用は大手不動産、政治家、官僚が群がる巨大利権の種だった……。傑作エンタテインメント。

●最新刊
かみつく二人
三谷幸喜
清水ミチコ

すべらない英語ジョークから、もんじゃの焼き方、猫の探し方まで。「一寸法師」好きの脚本家と、「スッポン」好きのタレントの、笑えるだけでなく役に立つ！　抱腹絶倒、会話のバトル。

●最新刊
スットコランド日記
宮田珠己

窓から見える景色がスコットランドそっくりだからと「スットコランド」と命名し、毎日楽しくサボることばかり考えている。仕事ができないのは、雨のせい、太陽のせい。爆笑必至の脱力系日記。

●最新刊
北海道室蘭市本町一丁目四十六番地
安田　顕

兄が生まれた時、大喜びして母に菊の花束を贈った。初めて買ったステーキ肉は黒焦げになった。――どんな貧乏も失敗も、親父が話すと幸せになる。俳優・安田顕の文才が光る、家族愛エッセイ。

●最新刊
Q健康って？
よしもとばなな

著者が、人生を変えられたのはなぜなのか？　信頼できる身体のプロフェッショナルたちとの対話を通じ、健康の正体と極意を探る。心身から底力がわき、生きることに不自由を感じなくなる一冊。

ラストファンタジー

鈴《すず》井《い》貴之《たかゆき》

平成25年12月5日　初版発行

発行人――石原正康
編集人――永島賞二
発行所――株式会社幻冬舎
〒151-0051東京都渋谷区千駄ヶ谷4-9-7
電話　03(5411)6222(営業)
03(5411)6211(編集)
振替00120-8-767643
印刷・製本―中央精版印刷株式会社
装丁者――高橋雅之

幻冬舎文庫

ISBN978-4-344-42119-6　C0193　す-4-3

幻冬舎ホームページアドレス　http://www.gentosha.co.jp/
この本に関するご意見・ご感想をメールでお寄せいただく場合は、
comment@gentosha.co.jpまで。